川端康成 三島由紀夫 往復書簡

日本兩大文豪的靈魂對話

川端康成
三島由紀夫　著
陸蕙貽　譯

目錄

推薦序　你所不知道的諾貝爾獎作家

張文薰

日本文學在臺灣，是個人人都可以說上一兩句意見的領域──「作家很愛自殺」、「內容很變態」、「太多色情畫面」──奇怪的是，臺灣人不見得會對海明威、馬奎斯這樣說三道四。讀者談論夏目漱石、村上春樹的樣子彷彿他們就住在隔壁，或許因為漢字的親近性，以及風土環境的背景相似、都在十九世紀船堅砲利的威脅下開國西化，中文讀者感覺日本不是戴十字架白膚高鼻的「別人」──尷尬的是，日本卻又跑得那麼快，戰敗後甚至出了兩位諾貝爾文學獎得主，談到這樣的鄰居，人都不免因為豔羨而帶幾分酸意。

尤其是川端康成與三島由紀夫。溫泉旅館的妓女、與沉睡少女共枕的老人、火燒金閣寺的和尚、夫妻歡愛後切腹的軍官，關於性與死，聳動獵奇的題材甚至蓋過了作家營造意象、醞釀情感、建構思想的苦心，讀者的心思往往停駐在對作家的直截疑問上：「他為什麼寫這個？」「他最後為什麼要自殺？」

關於文學與死亡，一般看到的其實都是已完成品，自殺在日本傳統中甚至接近一種完成。但本書《川端康成・三島由紀夫往復書簡》讓讀者有機會接觸「過程」，一部作品從靈感啟發到完成出版的過程，一個初出茅廬的文藝青年邁向偉大作家的過程，還有那終究最讓人好奇的，在自衛隊基地公開自殺的精神變化過程。

「過程」所提供的是解開疑問的線索，卻非答案本身。例如關於三島由紀夫對軍國主義的傾倒與自殺，從昭和四十二年十二月二十日給川端康成信件中「近日有機會搭乘F104超音速戰鬥機，著實痛快」的內容，可發現此前多在分享文藝活動觀賞經驗的三島變化之徵兆。兩年後的昭和四十四年八月四日，三島透露自己的大部分時間都花在自衛隊活動，並強調「如這般投入腦力、體力與財力參與某項運動，實為頭一遭」。而這項社會運動「就算只是無聊的虛妄幻想，就算僅有百萬分之一的可能」，自己也將放手一搏。三島由紀夫對於投身於集體性社會運動已有死亡的覺悟，放不下的只有「死後家族的名譽」。而唯一能託付「守護家人」任務者，唯有川端康成而已。

足以讓三島由紀夫在死前托孤與守護名譽的川端康成，必定對於其人格與成就、評價方式都極為了解，並能分享相同價值觀。這兩位諾貝爾獎等級的作家之間的情誼，破除凡人臆測的「文人相輕」迷障，早在三島正式成為文人作家前就已經開始。

本書的第一封信是川端康成給「平岡公威」贈書的致意，三島這時還是東大法學部的學生，雖寫出《繁花盛開的森林》而嶄露頭角，但仍是被動員到軍用工廠中服役的二十歲少年。而四十六歲的川端康成已是寫出〈伊豆的舞孃〉、《雪國》的成名作家，與幾位遷居到鎌倉的文學家結盟，試圖在戰火中維繫日本文化的餘脈。在軍事管理與滅絕危機的生活中，三島由紀夫對著尚未謀面的川端康成叨叨絮說，自己如何發現了藝術與創作的珍貴，而且冀望有朝一日能寫出「任誰都會讚嘆的短篇」，並提出「唯美古典短篇」的構思。生存危機催發了創作欲望，文明崩壞之前的古典馨香，三島由紀夫在懷抱同樣美學信仰的大作家之前毫無懼色、侃侃而談，與其說是亟欲獲得權威的肯認，更是在戰爭文化廢墟中尋找知音的孤寂與焦慮，這是一位青年作家的誕生。

於是，川端康成不只刊登三島由紀夫的作品，更為他匍伏不前的《盜賊》提供修改意見。而即使三島自承原稿「粗糙、冗長與幼稚」令人難耐，重寫過後甚至「無論怎麼讀都毫無價值」，應該「收進怎麼也不願再次開啟的書櫥深處，永藏不出」，反覆再三之後，仍勉力將其完成出版。昭和二十三年的《盜賊》成為三島由紀夫第一部長篇小說里程碑。如果不是川端康成的提點與鼓勵，這如「不斷崩塌又堆起、堆起又崩塌，永不得成就」的石塔般折磨三島由紀夫的創作歷程，恐怕將重挫這位後來多以長篇聞名的作家，而緊接之後問世的，恐怕也不會是其代表作《假面的告白》。川端康成給《盜賊》的序文說到：「三島君那早熟的才華，絢爛奪目卻也令人不安惆悵。（中略）那是以真花精萃編織而成的纖弱人造花。」是我僅見最為精妙動人的評論。

日本近代作家之間多有直接或間接的師承關係，如夏目漱石、谷崎潤一郎都在現實生活與創作手法上，關照影響著許多後來者；但川端康成對三島由紀夫那不吝讚賞卻暗自擔憂的態度，以及從「真花精萃編織而成的纖弱人造花」這句評語所顯現出的風度與眼光，舉世難得。更難得的是，即使擁有炫目才華，三島由紀夫的成就更來自不斷的自我否定與超越，從昭和二十一年春到二十三年底的三年間，往復書簡中呈現了他在《盜賊》中頓挫又執筆的自我鞭策，以及在父親任官的期待與自我文學夢想之間的拉扯徬徨。偉大作家絕非天縱英才可及，三島由紀夫與川端康成一同穿越戰爭的破壞、美軍的言論統制、為官任事的誘惑，才從戰後的廢墟中起身，走向世界舞臺。

在接觸介紹作品外譯機會的過程中，三島由紀夫從單方面冀求前輩指點的新人，成長為能提供川端康成參選諾貝爾獎引介文的世界級作家，他甚至建議癯弱的川端康成運動健身。而川端康成也愈發看重三島，甚至發現《雪國》英譯本的作家履歷以「發掘與支持出色的年輕作家如三島由紀夫」記錄自己的貢獻時自嘲。昭和三十三年十月三十一日的三島信件是寄給川端康成夫人的，內容分類列出住院所需用品，這是因為川端夫妻因病先後住院，三島由紀夫與其父母、新婚妻子都表達了關懷與協助。從文壇前後輩到通家之好，這張鉅細靡遺到令人咋舌的清單，最是明確呈現出作家的凡人面貌，偉大藝術家更無法逃過肉體衰敗、歲月流逝的命運。此時的三島由紀夫事業正在起飛，但川端康成已是能用「腹中的小石群讓我遲疑」海外參訪來自我解嘲的老翁之齡，相對於三島對健康與體態的熱中，川端康成的態度顯得淡然無所謂。面對著親密師友的得獎與老朽，逐步走向那個目前尚無法、應該也不想追隨而至的「我在美麗的日本」的枯寂境界，三島由紀夫彷彿是邁開腳步似的奔往世界的另一端——以紀律與行動力展現個人意志與決心的地方，追尋另一群伙伴。

三島由紀夫最後與二十出頭的年輕人（正是他寫信給川端康成的年紀啊）結盟，傾全力想喚醒自衛隊員發動政變的行為，可以視為一種自我武裝嗎？武裝脆弱易老的肉身，搬動巨大的傳統來抵抗時間，凝凍青春的剎那光華為永恒。這是我在本書中尋得的線索，卻因為證物被銷毀而死無對證——原來三島由紀夫還有最後一封信，從自衛隊駐紮的富士演習場寄給川端康成家，卻因為「文章太無章法，擔心保留下來會損害到三島的名譽」而被燒毀。那封以潦草鉛筆字跡寫成的信，是否指出了最後三島精神狀態的瘋魔？把信燒掉的是川端康成本人嗎？畢竟一開始，三島由紀夫的遺孀是連本書內的信件都不願公開的。會在乎文章不合句法、有損名譽的是誰呢？是身為作家的名譽、還是身為平岡公威的名譽？或甚至可能是收信人的名譽呢？在通信兩造都已消亡的現在，看著本書附錄，三島由紀夫友人佐伯彰一與川端康成家屬的對談紀錄，白紙黑字，揭露了一封可能是謎底、卻已然灰飛煙滅的信件之存在，我彷彿追捕兇手卻來到空無一人的懸崖邊，聽聞不知何方傳來的歷史回聲：文學問題的解謎過程，文學而已。

（本文作者為臺灣大學臺灣文學研究所副教授兼所長）

序

佐伯彰一

這一切可說起始於微小的偶然。前些日子，當三島由紀夫留下的未定稿及筆記等作品準備轉送給山中湖村紀念館時，我發現當中夾雜著許多他寫給川端康成的書信，我閱覽起這些影本，立刻著迷其中。他們兩人最早通信的日期是昭和二十年（一九四五年）三月，當年三島只有二十歲，尚未於文壇嶄露頭角，他當時的天真爛漫與熱誠笑容躍然紙上，宛如一幅年輕的自畫像般，生動地再現了他的雄心壯志、夢想、稚嫩的幻想與不安，帶給我難以言喻的閱讀樂趣。

當然，川端與三島之間幾近終生的「師徒關係」早已廣為人知。我在第一篇長篇評論〈思慮日本〉（一九六六年）中曾提及川端康成所著的《山之音》一書，當時猶豫再三之後，決定將評論寄給川端先生。沒想到，川端先生竟以毛筆回了一封長信給我。出於欣喜之情，後來見到三島時，我提及此事。沒想到平素待人有禮的他竟突然面露不悅，說道：「最近，川端先生因為睡不好，信總是寫得特別長。」或許誠如三島所說，畢竟以我和川端先生的關係，本不可能收到他的「長信」才是。當時三島語氣中所顯露的妒意，讓我著實吃了一驚。也或許是那時他剛好將自己的新作贈閱與川端先生，卻尚未收到回音所致吧。過往對社交禮儀多所講究的三島，那天不同以往的情緒波動讓我印象深刻。時至今日，他當時不悅的神情依舊鮮明地浮現在我眼前。

我提及此事並非是為了炫耀，只是想提醒諸位，對三島來說，川端康成是位多麼親近、多麼重要的長者。而且他竟能寄出如此多熱情洋溢、幾近坦誠的書信給川端先生，仍是令人感佩。

事實上，從前在編撰《三島全集》時，我確實考慮過要加入〈書簡篇〉，但三島的遺孀瑤子女士當時以「不適宜」為由拒絕了。畢竟當時三島驚動社會的自裁才發生不久，要公開他的「書簡」確實不妥，我們也只好放棄。沒想到這一次竟意想不到地促成了此番機緣，並幸運地獲得了川端、三島兩家人的諒解，得以公開這些書簡。為此，我衷心感到欣喜。

將作家之間彼此魚雁往返的書信集結成書，於歐美等地不乏先例，但在日本雖非空前也實屬罕見。唯願此次的公開發表，能收拋磚引玉、起而效尤之效。

川端康成・三島由紀夫

往復書簡

昭和二十年三月八日
鎌倉市二階堂三二五號寄東京都澀谷區大山町十五號
平岡公威先生啟

三島由紀夫先生

今日野田君寄來《繁花盛開的森林》，承蒙贈書，均已收悉。之前曾於《文藝文化》拜讀部分，對大作文風早已關注許久，今有幸拜讀全文，甚感歡喜。

關於義尚[1]，我亦曾想嘗試寫作，也做過一點調查，日前幾欲動筆寫信給中河君。

《繁花盛開的森林》是今日在北鎌倉某人家裡，島木君拿來給我的，當時我正好去看準備疏散打包的文物。這些文物有宗達、光琳、乾山的作品，有高野切、石山切，其他作品甚至可追

1 足利義尚，室町時代後期的幕府將軍。
2 時值二次大戰末期，東京遭受頻繁轟炸，許多珍貴古物被疏散各地。文中提到的宗達、光琳、乾山為日本十七、八世紀的裝飾畫派「琳派」的代表畫家；高野切與石山切皆為日本最早的敕撰和歌集《古今和歌集》的抄本。天平是奈良時代聖武天皇年號；推古為日本第一位女天皇年號，開啟日本七世紀的飛鳥文化。

溯到天平、推古時代[2]。得見眾多如夢似幻之寶，我竟連近日天氣之變化也恍若未見。紅梅已盛開。

匆此申謝

川端康成
三月八日

昭和二十年三月十六日
東京澀谷大山一五號平岡梓宅寄鎌倉市二階堂三二五號（明信片）

川端康成先生

日前託野田氏貿然送出拙作，您非但未怪罪我冒失，反親切賜信指教，僅此致上深切謝意。

都城幾乎已成修羅戰場，原念天寒地凍之際，梅花應已綻放，孰料竟已凋萎，全然未見鮮嫩春臨之兆。趁近來閒暇，我意想嘗試寫作賴政[1]和菖蒲前的風流韻事[2]，不知您以為如何？昨日，我在青山的古書店購得《雪國》一書。請您務必保重身體。耑鳴謝悃。

平岡公威
三月十六日

1 源賴政，平安時代末期的歌人、武士。
2 〈菖蒲前〉，刊於《現代》雜誌昭和二十年十月號。

昭和二十年七月十八日

東京都澀谷區大山町一五號平岡公威寄鎌倉市二階堂三二五號

川端康成先生

久疏聯絡，知悉康健如昔，甚感欣慰。晚生自五月五日後奉命參與勤勞動員，如今落腳於「神奈川縣高座郡、大和局高座廠、第五員工宿舍、東大法學部第一中隊」。偶能得空返京，旋即思及寫信予您，遂提筆。

晚生在這裡的工作為大學宿舍內的圖書管理職，因此有充裕時間可供寫作[1]，朝夕均滿懷感激度日。晚生也負責編輯供宿舍內傳閱用的雜誌，所執行的工作皆為我所好，自覺如今生活幸福。晚生的房內除了佐藤先生的詩箋《衣衣》，書架上尚有近松、南北、鏡花、八雲、泰戈爾與聶瓦爾的作品，花瓶中也綴著夏薊

1 昭和二十年七月，開始撰寫〈岬邊物語〉。

——然望向窗外塗上雜亂迷彩圖案的宿舍大樓、灰濛的大煙囪與白雲時，便等不及夏日早些來臨。晚生喜愛與酷暑搏鬥一面工作，惟恐今年依舊涼爽的氣候，會讓自身好不容易湧起的鬥志消弭殆盡。

戰事日趨激烈，能從事文學工作的桌面亦日趨狹窄，如今大小僅容得下一帖稿紙。動筆之際，手臂亦無法隨心伸展。在這樣的局勢下依舊拚了命地工作，是否就能實踐文學之神的旨意？晚生無所知悉。晚生所懷揣著的不過是一股奮力想完成什麼的想法。事實上，這般拚命的工作並無法衍生出偉大的國民文學新芽。新的詞彙、新的風格，或所有關於文學的新事物，都不可能因此衍生而出。晚生時常思索何謂文學真正之新意。所謂新意，不應僅為張揚燒灼著時代的印記，抑或現今令人痴愚地仿效歌頌的目眩之作，而應該是，無論詞彙、文章、文體皆超越至今所有新舊概念的嶄新之作才是（換言之，應超越往昔以「是否出現過」為辨別新舊的唯一標準的態度）。如此這般的文學，即使缺乏過去所謂的文學價值，或許仍能在全□（編按：此有一字不明）文學史中永世流傳。即使晚生並不明瞭自身為何處在此般可畏之千思百想中，即使現時可說已如受神之手操控的人偶般全然無慮地寫著，晚生依舊懷揣著極其平庸、俗套的冀望，亦即期望至少能寫出一篇世上尚無人寫出的優美短篇，或一旦公諸於世，任誰都會發出「啊，美極！」讚嘆的短篇。這欲望揮之不去，宛如宿疾。這般愚蠢的欲望究竟為何？難道就像因無甜品可食而發明紫蘇糖般的可悲替代物？至今，晚生一直以「尚必完成什麼」的自負信念支撐著自己，但，晚生究竟想完成什麼呢？在文學上，從未有過這般一面被要求「莫妄想」，但「莫妄想」本身卻又經常兀自疾走的危險歲月。

晚生認為所謂的文學，不該如馬丁・路德的生活般存在如此狂熱的信仰與充滿懷疑的生活。失去日常的生活，是可能致命的。為了思索第一義（justice，社會和政治方面的公平），應怡然地生活在第二義（righteousness，個人道德方面的正直）中，方是文學該有的形成方式。然此刻的自己，哪有什麼資格對「生活」大放厥詞呢？

我們應憶起古代壯麗的大型爬蟲類因嚴峻的自然環境而倏然滅絕的時代。倘若當時牠們多數逃過了那場危機，於某處繼續繁殖生存，情況又會如何？晚生想，或許在牠們的習性中也將頑固殘留著「瀕臨滅絕」的意識吧。生存於「滅絕」這等稱不上生活的環境中，讓牠們逐漸變得畸形。即使不假他人之手，牠們亦會滅絕。文學亦然。超脫生活與體驗無法到達之界線或文學體驗（如德國詩人里爾克所言一般）之範疇的文學作品，其存在如今不也獲得認同了？要求必須在文學領域外闡述文學悲痛宿命之二選一時刻不是也來臨了嗎？

為迎接這一刻，晚生悄然預備「唯美古典短篇」，應當是個被允許的願望吧。或許，與其說百花之傲在於即將或已然綻放，不如說在於當下之「盛開」。此般想法，或能帶給吾等幾多安慰。因為這代表了我們可在體驗之外思考欲之綢繆的生活方式，進而思索現存之生活方式。如此，那悲痛的剎那或能尚未降臨便轉瞬而逝。在某個層面上，晚生是個樂觀主義者。從未懼於仿效一事，即使面對「時間」！

近日，晚生所寫的小說或詩淨是些野人獻曝之作。雖寫得昏天黑地，總能稍微紓緩身心。

○

日前已將〈中世〉[2]的原稿寄放於野田宇太郎氏處，還望川端先生能撥冗過目。

或許您會感到興趣。由於寫作時宛如著魔般，通篇滿溢著猶如神社信仰的神諭庸俗風格。然，該作依舊是晚生近期唯一之作，唯望先生能過目一覽。

○

自顧自絮叨著私事，恐為您平添困擾，如有失禮，敬祈見諒。雖想說即吐，思及便語，唯猶恐無法盡抒己意。

○

2 昭和十九年十一月前後，於河出書房探訪野田宇太郎並寄放〈中世〉之原稿。爾後〈中世〉第一部發表於中河與一所主導的《文藝世紀》（昭和二十年二月號）。

據聞鎌倉將臨空襲之危，還望您多所保重。

淨述己事，請勿怪罪。

匆此

平岡公威

七月十八日

昭和二十一年一月十四日
東京都澀谷區大山町十五號平岡家三島由紀夫寄鎌倉市二階堂三二五號

川端康成先生

恭賀新喜。

敬悉日益康泰，為祝為頌。

冒昧叨擾乃因學校寒休意外延至二月十日，想趁假期赴府上拜訪，因不知您是否得空，本欲託《文藝》的野田氏代詢，因故未能得遇，故冒昧以書信形式詢問，尚祈海涵。

倘若有幸會晤，晚生想與您談談有關精通日語的進駐軍艾司修士官。此人為川端先生書迷，他不但說過《淺草紅團》甚為有趣，在進駐軍官中，其人品與修養亦極為出色。

中河先生隱居甲州後，《文藝世紀》亦形同解散，但中河先生或可趁此轉機寫出佳作。《文藝世紀》中存在些怪異之人，似乎會將雜誌發展方向領往詭異之處。

近日並無值得一覽之書，著實難受，但如小泉八雲等人之作，無論任何時代皆飽含閱讀之樂。前些時日重讀保羅・穆杭（Paul Morand）之《夜開》（*Ouvert la nuit*），其中有段文字寫道：「一言以蔽之，因為那樣的勝戰並非如世人期盼般深具宗教和平之意，因此，對我們而言，這樣嶄新的世態似乎比我們在戰爭中經歷到的死亡更加危險且美麗。」看到這樣的文字，不禁讓人感到這世界便是這般毫不知膩地重複著相同的情節。如今世人慣於將文學之不朽、不滅，與文學的新舊一概而論，但我認為，若不釐清其間分界，恐易招致誤解。

筆末，雖多所叨擾，若您能在隨信附上的明信片寫上方便拜訪您之時日，並順道投郵寄回，晚生將感榮幸萬分。

匆此

謹祈康健。謹此請託。

三島由紀夫
一月十四日

又，府上是否位於鶴岡八幡宮前左轉下坡處？

昭和二十一年二月十九日
東京都澀谷大山町十五號平岡家三島由紀夫寄鎌倉市二階堂三二五號

川端康成先生

日前多所失禮，尚祈見諒。

週一前往白木屋訪木村先生，聽聞木村先生正於京都家中處理喪事，短期間無法歸返。首次拜訪白木屋[1]的鎌倉文庫，不但氣氛熱鬧，亦較昔日位在百貨公司書籍部時更加寬敞。

下週一（二十五日）您會否前往事務所？屆時晚生欲攜〈岬邊物語〉及《盜賊》第一章之拙稿前去賜教。若您不便前來，且木村先生屆時亦尚未歸返，則拙稿應託付何人為妥？

謝謝您寄來的《人間》二月號。對照之前購得的《梅曆》閱讀《荷風之春水評傳》，益發興味盎然。

1 川端與久米正雄、小林秀雄、高見順等人聯合經營的鎌倉文庫，其事務所位於日本橋白木屋二樓。

匆此

時值寒氣凜冽，出遊時尚祈保重身體。

平岡公威

二月十九日

昭和二十一年三月三日
東京都澀谷區大山町十五號平岡公威寄鎌倉市二階堂三二五號

川端康成先生

　前幾日在事務所不熟悉的氣氛中，有些茫然失神，不記得自己說了什麼，倘若有所冒犯，還請多所海涵。

　除了公事往來，也一直想與您暢談自己私事，但自知口拙語塞，故決以書信方式告知。在寫給席勒[1]的信中，荷爾德林[2]寫道：「我總期待見到您，但真正見到您後，卻只讓我感到與您相比自身之卑微。」又道：「在您身旁，我總感到自身之渺小，但離開您後，我卻又無可自抑地心慌意亂。」——在晚生身上也清楚出現如荷爾德林般「心亂」之徵兆。

　日前於《人間》二月號讀到桑原武夫[3]的評論，著實不敢苟

1 Johann Christoph Friedrich von Schiller，德國啟蒙文學的代表性人物之一。
2 Johann Christian Friedrich Hölderlin，德國浪漫派詩人。
3 桑原武夫〈日本現代小說的弱點〉(《人間》二月號)。

同，其中關於「藝術應由模仿而生」的淺薄評論，實非出於理智之言。藝術應當生於自身體驗才是。此體驗應較日常生活更高一個層次，經過釀造發酵，方能化為象徵。換言之，意即將「新鮮」的體驗經過「時間」（精神上的時間）的釀造後轉化為象徵。而釀造（淘汰、選擇與化學變化）則需在完全無意志干涉下依本能進行。也就是說，藝術上的體驗乃將先驗知識[4]淘汰後而生之特殊體驗。因此，在藝術形成的過程中，在第一階段的特殊體驗（一種緩生的靈感）中，反倒潛在著可超越歷史的契機，而第二階段無意志干涉的釀造作用則潛伏著創造歷史的契機。看來讓人覺得像模仿的東西，不過只是此歷史契機中多餘之物。亦即，作家雖然避免模仿，卻又認同本質上的仿效。就像在藝術體驗中很難將經驗與先驗知識分開一般，具有此般必然性本質的模仿也無法與創造（創作）區分開來。以此觀點看來，便可得知桑原氏的觀點

4 指無需經驗或先於經驗獲得的知識。

極其膚淺。因其對形式化的模仿有著不適切的重視，卻未提及關於內在歷史本質的模仿。本質性模仿雖由難以避免的「共感」而生，但所謂的「共感」其實已具備了超越模仿的關鍵。所謂的共感，是一種藝術唯物論中存在的偶發性理論，然桑原氏卻完全未提及這一點。

《人間》二月號中里見氏[5]的小說末段實在令人發噱。是學習院的學長中常見的典型。「一陣悲從中來。已不再是女孩的她們，哀嘆著祖國的命運……」——《展望》二月號當中，宇野氏[6]以輕鬆的語氣描寫了戰時與戰後家中的景況。對於國家之大難，竟以如此輕鬆、多彩的筆觸輕描淡寫著，令晚生突然害怕起「小說」這等怪物。若解讀成這是小說的一種包容力，我們便可安心閱覽嗎？作者這般肆無忌憚地放養小說這種貪婪的怪物，真的適當嗎？——相較於宇野氏作品中描述細微簡易的「事實」，如今

5 里見弴〈姥捨〉（《人間》二月號）

6 宇野浩二〈浮沉〉（《展望》二月號）

的我對於王爾德被人稱為「虛構頹廢」且強烈的「人工雕琢」反倒燃起了格外的思慕之情。

之前您讓晚生看的關於「日本文學家」高山對拙作的批評，本以為是稱得上評價的久違之作而興味盎然地拜讀，然而所言淨是極盡無聊的蠢話。原本期望能看到內行人的建議，如河上徹太郎氏與谷川徹三郎氏那般（雖然〈菖蒲前〉是部不忍卒睹的低俗小說）。

戰爭期間，晚生是如何驚慌失措地從原本飽受洗禮的文藝文化派所謂的「國學」中逃出，至今依舊歷歷在目。於《文藝文化》終刊號刊載之奇情小說〈夜車〉[7]，可說是我對國學的訣別書，書寫之時備感鬱悶。過去，晚生將國學視為一種浪漫主義運動，對其中纏繞之「紅顏薄命」氛圍抱有好感。但漸漸地，因為他們不斷排斥現實主義，讓自身益趨貧瘠而感到悲哀。面對這般

7 昭和十九年八月發表於《文藝文化》。後改名為〈中世紀某殺人慣犯所遺之哲學日記精選〉。

的國學危機，晚生曾試圖提出機械唯物主義的觀點。那是一種與人為觀之頹廢派藝術有著緊密聯繫的理論，而他們卻絲毫不願意了解。他們並不理解，浪漫主義與唯物主義一旦結合，無論在任何時代皆可與寫實主義相抗衡。浪漫主義是一種定型化的自殺式衝動。原本便無法對作品的完美性抱持太多期望。寫實主義的文學是透過書寫將事實化為文學，但浪漫主義的文學則是下筆前便已存在。因此，浪漫派文學的第一步便是「絕望之演繹」。然，若以自我意識收斂了內在的衝動，轉而以藝術至上為宗旨，則會被其他刻意塑型的欲望所擊倒，進而陷於形式主義，讓原本內在的衝動灰飛煙滅，淪為雕琢矯情且毫無內容的文學。高蒂耶（Théophile Gautier）的文學便近似於此。晚生認為，這兩種都不可取。我所謂的人工雕琢，與高蒂耶的意思亦不相同，仍應以「絕望之演繹」為出發點。但為了拯救浪漫派的碎嘴與恣意，晚生原本打算引進極端的唯物主義（其所帶來的效果通常極其殘酷）。浪漫主義存在著一旦演繹枯竭後，勢必趨向沉溺於古典主義的危險。為了避免這種情況，需要藉助冷酷薄情的唯物主義的暴力刺激。換言之，並非將內在衝動現實客觀地在作品具體呈現，而是將內在衝動先還原為無機物，再以唯物的機械方式排列構成。也就是說，將內在衝動凝結為剎那瞬間，在時間與空間的制約之外，以人工雕琢的方式重新構成。此種重新構成的方法論，在對抗唯物論上具有無以倫比的強度。當然，那樣方式並不能稱為「表現」。對人類而言，「人工雕琢」不正是最純粹、最不虛假的欲望？比起單純將事實再現的欲望，「人工雕琢」不正扎根於更強烈的人性之上？比起唯物主義，浪漫唯物主義不是更貼近現實？此乃於唯物的方法論上，將人工雕琢的、浪漫的內在衝動不斷重複生產、回收、燃燒後之產出物。它總是將作者推往創造時最早的階段、最初的深淵。——但以上所提及的文學論，晚生所知尚有未盡。

前次與您相見後，獲得了不可思議的鼓舞與活力，因此動筆寫下《盜賊》第二章。完成之後，將著手名為〈款曲〉的艱澀短篇。此處之款曲指的是「暗通款曲」之意。

初次與您會晤時，晚生曾說，雖然在深夜萬賴俱寂時方可動筆，但於人煙稀微處，亦無法安然寫作，時至今日，更覺當時所言一點不假。一旦埋首創作，晚生便深陷不安，頓覺孤身一人、無所託依。這就是尼采所謂的「被賜與的光之孤獨」吧。[8]彷彿可享受之幸福已遙不可及，對孤獨之愛僅剩瞬息，於不安寂寥中寢食難安。等候著友人，但友人未現身。雖知自己的雙臂是為了擁抱某人而生，但卻打從心底憎恨此事。我希望失去雙手。我希望失去觸碰他人的能力。於此狀態下，我實在無法與您見面。深

8 尼采在《查拉斯圖拉如是說》中寫道：「我是光：『唉，我真希望我是夜呢，我被光圍繞著，這正是我的孤獨啊。』」

怕晚生的火焰或許會讓您一口氣吹滅。
瞻言妄語，尚祈見諒。還請多自珍重。
匆此

平岡公威
三月三日

昭和二十一年四月十五日
東京都澀谷區大山町一五號平岡公威寄鎌倉市二階堂三二五號

川端康成先生

前略。百忙之中諸多打擾，煩請見諒。收到您的大作《雪國》，喜不自勝，萬般感激。四、五年前住在鵠沼的阿姨家中時曾忘我拜讀過您的〈抒情歌〉，這次首先重讀此篇，接著拜讀的是第一次閱讀的〈虹〉，閱讀時一氣呵成，不捨停手。無法親自與您當面請益，雖頗感遺憾，但拜讀您的大作，亦猶如親受教誨，深感鼓舞。拜讀〈抒情歌〉時，其中之巧合令人深感不可思議。今日請您指正之〈中世〉（雖與〈抒情歌〉相比，內容僅為異想天開的低俗之作）亦為與心靈有關的故事。看到「『靈魂』一詞，不過就是用以形容推動著天地流轉之力的其中一個詞語」這般優美的箴言時，不禁啞然。今日晚生出門之前，於《盜賊》的第三章中絮煩地寫下了這麼一段拙文：「靈魂不就是完全存在與完全消滅的一種上位概念[1]嗎？（中略）然而，此內涵並非單純的形態，亦非單純的抽象概念，而是極端接近『無』的『有』，是在剎那間窮追『有』的『無』。因此，具有包裹作用的形體（靈魂）便永遠都在變化流轉，不知所蹤。」這段冗長累贅、不知所云的思緒，卻因〈抒情歌〉中的一句話便像撥雲見日般突現晴空。如〈抒情歌〉般的白日幻夢，於我國仍屬少見。姑且不論谷崎氏的《陰翳禮讚》，位於亞洲廣大夜空下原野的日本，如同愛爾蘭作家看重黎明微光一般，您在這般既朦朧柔美又如黑柱石般毫無硬度、輕巧如水般的夜裡訴說著各種綺語幻想。神話時代結束後，諸神便將身影藏於夜中。爾後，於白日的豔陽下，諸神不再手舞足蹈。閱讀中世紀的民間故事後，發現那個世界的一切就像藏於

1 指概念衍伸之出處。

匣子內的黑夜般令人窒息。日本人雖擁有這般美麗的自然與陽光，卻辜負了小泉八雲認為日本人是「東方的希臘人」的溢美之詞，自顧自地望向黑夜的深處。在尾崎紅葉與泉鏡花的作品中，都沉溺著近代的「夜色」。即使那位看似新潮的佐藤春夫，亦無法拂去夜之殘響。在日本人根深蒂固的美學中，「夜」幾乎是構成美學的成分之一。但〈抒情歌〉卻首度以日本的自然之美與愛為契機，建構出白日之幻夢、打造出真正的「東方希臘」，讓人開始邁向覺醒。彷彿高遠冰清、如撫觸琴弦時自天界傳來之雅緻妙音——但這一切並未變得抽象或無端壯盛，僅是如蜷裹著悲傷的微風，在肉體的陰翳之處悄然吸吐。真是部讓人深覺靈肉合一的佳作。聽見旁人以「川端氏的感覺」、「川端氏的詩」等話語給予評價時，晚生總禁不住暗自苦笑。單僅以詩與感覺而論，堀辰雄也有此特質。但我們之所以把您（請原諒我以籠統的第二人稱來稱呼先生）置放於遠高於堀辰雄的位置仰望，乃因您讓我們看到了肉體、感覺、精神、本能等一切靈魂與肉體之成分，如藍天與相襯的雲朵般展現出絕妙的默契。其間之觸媒便是日本人喃喃細語般的「悲切」之祕密。但即便如此，晚生相信，單以「能駕馭的詩」、「能駕馭的感覺」程度之詞語仍無法足以形容。這般無可比擬之文學，唯有可觸及那些寄宿於「切身」之美與「切身」之悲中神祇肉體的人類方有能力創作。

至於《雪國》（已拜讀再三），此作極其龐大、高聳，如我般卑微之輩，僅能如牧童夢想著有朝一日能攀上遠處峰頂蔥鬱的阿爾卑斯山一般，仰之、瞻之。

心緒多所激動，恐出言不遜。還請姑且聽之。

虔請崇安

匆此

平岡公威

四月十五日

昭和二十一年五月三日
東京都澀谷區大山町一五號平岡公威寄鎌倉市二階堂三二五號

川端康成先生

來信讀悉，感謝無既。日前接到邀稿，便將原本便有腹案的「與〈抒情歌〉有關之散文[1]」完成，一併寄送予您。以未竟成熟的思維書寫之文，或有罔顧禮儀、思慮欠周之嫌，實乃因太過喜愛您之大作，無法自己而振筆寫下，如有冒昧之處，還望多所見諒。近日想前往府上叨擾，不知您十二日左右能否得閒？

寒暑不常、希自珍衛。

匆此

平岡公威
五月三日

1〈關於川端氏之〈抒情歌〉〉（昭和二十一年四月二十九日《民生新聞》）。

昭和二十一年五月十二日
東京澀谷大山一五號平岡梓宅平岡公威寄鎌倉市二階堂三二五號

川端康成先生

今日一早便前往府上叨擾，承蒙您諸多懇切教誨又設宴款待，著實銘感五內。於百忙之中屢次請您過目拙作，不情之請，望您海涵。

關於〈中世〉、《盜賊》之高見與指導，晚生誠心感懷。多虧點評，方才確知有「似乎不夠好，但自己卻完全看不出來」之處，郢正之處亦清楚標示點出。返家之後重讀《盜賊》第二章，後半的粗糙、冗長與幼稚讓我額外難耐，完全比不上第一章，為求完稿，這些部分恐將悉數重寫。

再者，關於足利義尚，不但受教良多，您又不吝出借藏書，晚生銘戢五內。拜讀過您出借的目錄後，方覺〈中世〉序章中關於被視為當時唯一希望的義尚之死，其經緯應增加更多詳盡的描述，今日得借《將軍義尚公薨逝記》，尤為幸之。

如您所允，我將於二十六日週日再次登門請益。

近來寒暑不常，懇祈珍重自愛。

匆此

平岡公威

五月十二日

昭和二十一年六月五日
東京澀谷大山一五號平岡梓宅平岡公威寄鎌倉市二階堂三二五號

川端康成先生

前略。前日蒙贈好書[1]，感懷無限。〈女兒心〉、〈童謠〉、〈金塊〉、〈正月三日〉等四篇皆未讀過，遂以此四篇為首，一鼓作氣讀罷。此四則短篇風格各異、文彩絢麗，閱時萌生愉悅、寂寥、恐懼、溫柔之心，恍如夢中。〈女兒心〉雖輕柔可人，亦工整端肅至不可思議；〈童謠〉第一百七十頁中對於暴風雨後的描寫，如寂寥的鈴聲；〈金塊〉中的黃金夢，如中世紀輝煌探險奇談的對比，是場閃耀、悠遠、無常之黃金幻夢；〈正月三日〉讓人憶起橫貫沙翁晚年喜劇中參透人生之空無。無論何者，都如難以掙脫之物一般將我緊緊纏繞。

1 短篇集《黃昏少女》，昭和二十一年四月，丹頂書房刊行。

〈童謠〉一百十七頁之文章，更是無可比擬的名作，膽敢妄評，但晚生確實重複拜讀數遍，詠嘆再三。時間恍如嘎然而止般凝滯不前，眼前宛如雨後剎那澄淨景致，其後襯著蘆葦搖曳之聲。讓此般流露「情欲」的字句鑿刻於印象中之體驗，於我從未有過。

〈女兒心〉也是同樣題材，卻無絲毫令人不悅之處，晚生帶著不可思議之心眺望著文中的行雲流水。它讓人憶起了如〈抒情歌〉般的悸動，此般心情猶如於夢中發生的超自然奇蹟般歷歷在目，恍如神蹟降臨。由於這是以如泉鏡花般的「信仰」書寫而成之文學，身為文中主人翁的少女天真沉溺於此信仰中，即使作者大聲呼喊也依舊恍若未聞般沉緬其中，這一點，讓人感到作品的完整度獲得了妥善的保障。許多作家都用盡心思、掏心挖肺地向讀者傳遞此種信仰，甚至有時語帶酸氣。因此聲嘶力竭後，將「作品」就此擱置的作家多如鴻毛。然而，若能如〈抒情歌〉或〈女兒心〉般努力昇華，卻可不留作家斧鑿痕跡成為馥郁佳作——對作家而言，幸福莫勝如此。同時，在完成此般「場景」時，永遠皆無法應邀進入該場景之作家，其「生活」又何其寂寥。許多作家為了躲避那樣的孤獨與寂寥，總希望能受邀進入「場景」中，因此怎麼也捨棄不掉在場景的一隅為自己擺放一張小椅子的淒涼嘗試。讓我不禁害怕，自己是否也是受縛於此種妄想的俘虜之一。——（不知為何，〈女兒心〉讓晚生憶起了歌德的《愛的親合力》，兩者皆為敘述愛之奇蹟的作品。）

前往府上拜訪翌日，葛飾書房以業務破產為由告知了無法出版《偽唐璜記》的消息，遂趕忙請負責人至赤坂書店商討此事。今日，葛飾書房老闆告知，赤坂書店已承諾接手出版，旋即展開相關處理程序。折騰了四個月，孰料被輕率告知一切皆為徒勞。

《群書類從》尚請多借閱晚生一段時日。

近日天候變化無常，煩請多自珍重。耑此敬稟。

匆此

三島由紀夫

六月五日

昭和二十一年六月十五日
東京都澀谷區大山町一五號平岡公威寄鎌倉市二階堂三二五號

川端康成先生

暑氣日盛，獲悉您康健如昔，甚感欣喜。本日晚生亦適逢休憩，得閒仔細進行工作，喜不自禁。

承蒙您借予諸多資料並多所鼓勵，〈中世〉大致改稿完備。義尚薨逝的部分尚稱滿意，但關於支那人的部分即使改寫仍覺不足，仍不時加以修訂，約莫月後方可完成，僅此稟告。今夏您是否會常居鎌倉自宅呢？

雖以義尚為題材，但關於此人了解僅止於概念，因此只得以小舍人[1]菊阿彌之哀嘆為全文中心。資料中幫助最大的有向諸神社敬獻神馬之事、義尚薨逝前夜雷雨交加之事，以及遺骸於出發

1 平安時代之雜役。

前所起之怪火、將神轎停放於阿波津湖畔之事。只限寺廟外部諸事之陳述。原本第一章之十頁變為二十頁，支那人的章節則由十七頁縮減為七頁。全文篇幅不出八十頁，因此第一章比重過大，顯得頭重腳輕。

將《盜賊》第二章改寫後，又回到第四章，進展卻相當遲緩。恐怕今年將如賽河原的石塔[2]般不斷崩塌又堆起、堆起又崩塌，永不得成就。

每次與您會晤，總無法暢所欲言，事後才發現淨說些言不及義之瑣事，深感懊悔。近日欲前往府上求教關於虔送惠心僧都歸天之日譯偈文，屆時煩請多所賜教。

伏首合掌

終得欣求往生淨土

2 介於陽世與陰間有一條河川，其沿岸即為賽河原。傳說中，先父母而死之小孩，必須在河岸堆放遠永不可能完成的石塔。

靜聽西方之天
吳樂歌詠如風
遠眺翠山之巔
光雲遙遠生輝

如此光耀之終壽幻影，高貴優美，令人稱羨。眼前，伴隨著疾病、饑饉與頹唐，卻前所未有的耀眼夏季即將到來。過去源信（即惠心僧都）在如斯夏季中恍惚所見之淨土幻影，或將於東京之天際幡然重現。與戰時相較，東京人的表情已變得更加柔美，略帶透明，對衰敗之陰影亦日漸稀薄。人類的命運，彷彿被推入了古代，而非近世。

近日常浮現腦海的一段文字來自於《人間》中追悼武田氏一文。

「與其為此人之死愕然哀傷，莫如為此人之生驚嘆傷悲。」

時值炎暑日蒸，萬祈珍重。

平岡公威

六月十五日

匆此

昭和二十一年七月六日

東京都澀谷區大山町一五號平岡公威寄鎌倉市二階堂三二五號（明信片）

前日諸多失禮，尚祈見諒。

拜讀受贈於您的大作中的〈女學生〉[1]，備感驚嘆，無以言表，更覺拙作《盜賊》無論怎麼讀都毫無價值，甚至覺得讓這般愚蠢之作存在於世實為罪惡。尚未完成之原稿，只好收進怎麼也不願再次開啟的書櫥深處，恐無再度重見天日之時。至此，方覺稍感輕鬆。下回欲往府上取回第一章，永藏不出。

關於此作讓您費心不少，深感歉疚。

晚生持續發著熱病已逾半年。

考試既已結束，病癒之後想嘗試寫些真摯的作品。

1 短篇集《日雀》，昭和二十一年四月，新紀元社刊行。

已遵照指示將〈岬邊物語〉交付於《群像》的記者。

耑此稟告，並特此致歉。

昭和二十一年八月十日

東京澀谷大山一五號平岡梓宅公威寄鎌倉市二階堂三二五號（已由占領軍開封檢視完畢）

川端康成先生

殘暑依舊炎炎，未知是否一切安好？

前幾天於清光會見到德川義恭氏，兩人一起前往貴事務所拜訪，卻適逢您外出。由於德川氏也非常想拜會您，他日若承蒙接見必感幸甚。

近日益發無法靜心學習，九月考試不知能否應付。今日也是怎麼也提不起勁學習，卻突然想寫信給您。原因之一為昨日拜讀大作後數時匆匆流逝，欲罷不能。恰如正徹[1]所言：「醒後若無法憶起定家之和歌，發狂般的心緒便如影隨形。」

1 平安時代之歌僧。

屢屢想去看海，卻無法遂心所欲。秋天原想去犬吠[2]，但思及獨自一人該如何前往那片陌生的土地，便游移不決，無法決定。

〈輕王子與衣通姬〉——於《古事記》與《日本書紀》中敘述各異，《古事記》中，兩人為同胞兄妹，倆人於伊予（地名）相守至死，是篇簡樸、質美的故事，適合作為近親相姦的古老題材。但於《日本書紀》中，衣通姬則為太上天皇妃之妹，也就是輕王子的阿姨，亦為天皇之嬪妃。藉此為綱，以皇妃深沉的妒忌為題，敘述輕王子與父親的戀人私通之情事。其題材雖更貼近現代，架構也更龐大，卻拋卻了輕王子起義叛亂的重要情節。再者，若將衣通姬定為王子的胞妹，則太上天皇與衣通姬之戀愛關係便現矛盾。究竟該以哪個陳述為本，讓晚生備感困惑。換言之，兩者所具魅力不相上下。

雖想於考試結束後潛心書寫，但現居乃租借之屋，房東已下

2 位於日本東京千葉。

逐客令，因此秋後，狹小但熟悉的書桌周圍不知將面臨何種景況。——於今後經濟困窘的日子裡，此般貧瘠之才能若欲藉文學以安身立命，恐會令創作更加貧乏。原本的生活乃為繼續埋首文學之手段，只能徒負本意地打起精神繼續讀書學習，但學習法律讓我日益厭煩（僅能口頭抱怨一番），明年的高考亦全無把握，但若就此專心致力於文學，勢必讓體弱多病的母親更加擔憂——一切雖為庸人自擾，但與其一人獨自憂心，不如寄語悠悠。愚憨冒昧，還請過目即可，不勞掛心。

聽友人說過，與皇室親近的親戚（臣子）每個月都會進貢兩、三百圓不等的生活費，說白了，皇室等於由親戚們奉養。此外，也聽其他友人提及家道中落的貴族遭遇，正如《櫻桃園》[3]中所述之鐵則，三、四十年後若欲重聚，諸君不知流落何方。吾家也因祖父之失意導致家族早早中落，但無論早晚，其實殊途同歸。

3 俄羅斯劇作家安東・契訶夫的最後一部作品。

——老一輩的朝臣貴族，仍愚蠢地緊抓著利爾亞當[4]不放，動輒將利爾亞當的事蹟掛在嘴邊，著實可悲。

提筆至此，似已大放厥詞、愚言滿信。望請見諒。

殘暑未盡，唯祈千萬珍重。

匆此

三島由紀夫

八月十日

又，承您好意，已把將〈中世〉還原回初稿之事託付於木村氏。於您繁忙之際，竟欲寄予長信抒發，甚以為歉，毅然寄出此信，唯盼海涵。

4 Auguste Villiers de l'Isle-Adam，法國詩人、作家、劇作家。生於貴族世家，因父親揮霍而散盡家產。終身受財務問題所困，唯以貴族血統自豪。

昭和二十一年九月十三日
東京澀谷大山一五號平岡梓宅三島由紀夫寄鎌倉市二階堂三二五號（明信片）

川端康成先生

久疏問候，繫念殊殷。

考試終在本月十一日結束了。兩個月來虛度年華，不堪回首。準備考試時，總覺得自己像隻小老鼠。僅有讀書考試的人生，對身體實無良益。——十一日時，我便如終於掙脫牢籠的鳥兒般，信步優游至神田的書店，找到了尋覓六年之久，由伊曼紐・史威登堡（Emanuel Swedenborg）所著之《天堂與地獄》，喜不自禁。

本預定於十五日前往府上叨擾，然不知電車是否大罷工停駛。若果真如此，又要延後與您會晤的時間，故特以此明信片告知。

萬千珍重
匆此

三島由紀夫
九月十三日

昭和二十二年七月十七日
東京澀谷大山一五號平岡梓宅三島由紀夫寄鎌倉市長谷二一四六號

川端康成先生

音問久疏，實深歉疚。時值酷暑，不知一切是否安好？於此瞻問——依舊每週前來東京兩趟嗎？

三日之後即將高考，雖談不上積極學習，但除夕當日仍不忘伏案。期間仍讀了不少小說，昨夜也因為背誦行政法而感百般無趣，遂通宵讀完了《金色夜叉》，實是前所未有、精采有趣之作。除準備高考外，也參加了勸業銀行的招聘考試，以落第收場。

舍弟到我房中說：「父親說哥哥似乎很傷心，一定很絕望喪志。」我：「有嗎？我不太會因為這些事氣餒，我這個人只要睡個午覺就什麼都忘光了……不過，讓父親覺得我『絕望喪志』可能還好一些吧。」雖然說了如此不孝的話語，心中卻對家父稍有好感。下樓晚餐時，來了兩位家父當初在公署服務時的下屬。家父不待晚生開口便拉起防線先發制人。

「這小子是個笨蛋。考試前任性地說什麼他一定要到東京工作，所以沒考上勸業銀行。如果進得了銀行，還是有辦法調到東京的呀。」

真是漫天大謊。我根本不記得說過這番話，會落榜只是因為成績太糟糕而已。——其實家父會說這些話，本就不是為了體恤我，而是因為非常了解自己的兒子有在人前自曝其短的怪癖，所以刻意先發制人。家父也是個愛面子的人。

我走到隔壁房間時，談話依舊持續著。家父大聲說道：

「在這個時代，果然還是當官好，今後，官吏也會繼續發揮他們的領導才能吧。」這般大放厥詞的言論，便是家父仍懷揣夢想的證據。那個要我去參加高考，如他所望當上官吏的夢想。

家父從前的下屬語帶微諷地說：

「不過啊，我們都是以前就進來農林省的人，而後透過高考進來的人不斷追過我們，自顧自地書寫公文並強壓他人接受，一輩子都覺得自己才是正確的。他們自己或許很愉快，但客觀看來，其實很不幸。」

「怎麼會不幸呢？他們不是很愉快嗎？只要本人感到愉快，自然就會幸福。什麼都能如己所願的人多麼隨心所欲，怎麼會不愉快呢？」

家父畢竟也是知識分子，他其實了解屬下所謂的「不幸」為何。他之所以這般不講理地自說自話，其實有著諸多意涵。其一是為了他自己，另一則是為了身為兒子的我。然我既不如家父設想之天真，亦未若家父以為之實際，所以覺得家父的刻意作態著實有些犯傻。

——前述之場景，因頗有興味，故寫之。近來，我愈來愈喜愛因日益蒼老而更加與人為善的雙親。即使雙親給予我的愛曾讓我深覺苦痛，但因自己年歲漸長，現在的我也懂得如何去愛他們。如這次參加就業考試與高考之事，我對著年輕朋友編出許多冠冕堂皇的理由，將歌德與康斯坦當作東施效顰的對象，裝模作樣地公然宣告。細思一番後發現，面對年事漸長的父親，這當中亦包含著我想盡孝的心意。這樣的發現，已不會讓現時的我感到羞赧。

我要更認真努力才行。以尚未考試便明知勢必落榜的自棄態度來學習，實屬不該。即使這麼想，但依舊想寫小說、想看小說，心神不定，無法專心致志。——讓我備感警惕的，卻是這個對自己的質疑：「你無法靜心學習的情緒，真的僅是由於創作之神作崇嗎？你能肯定嗎？」換句話說，「你是否對於自己在文學上如螻蟻之淚般微不足道的作為，與因此所獲得之『新進小說家』的溢美之詞（但離你世界級的野心仍舊很遙遠）給沖昏了頭，因而讓自己無心學習呢？」這般的自我質疑，讓人心驚膽戰。——不，我否認。我的確獲得了創作之神的庇蔭。這點應無需懷疑。但，大概只占了幾個百分點吧。若創作之神當真恩寵於我，我便不致於棄學校與家庭不顧，一頭栽入奔放不羈的文學生活中吧。

我的確狂妄自大。自大到將師長好友的指點當做自己的實力而自我陶醉，這的確讓人膽寒。——雖然我對自己的自大（並非自信）有所自覺，但並不會因此氣餒。但也不會睡個午覺便不藥而癒。

待考試結束後，我將好好面對自己，細細長考。

每每寫信給您總是滿信愚癡之言，煩請見諒。

所言絮叨，請勿掛心。待考試結束後，將盡快前往府上拜訪。
時值盛暑，千萬珍重。
匆此

三島由紀夫
七月十七日

昭和二十二年十月八日

東京澀谷大山一五號平岡梓宅三島由紀夫寄鎌倉市長谷二四六[1]號

川端康成先生

　　近日天候遇暖還寒，未知近況若何？日前於您百忙之中多所叨擾，失禮良多。

　　自您建議「寫篇兩百頁左右的作品如何？」以來，尚且混沌不明的長篇小說構思，便開始於心中逐漸成形。今日，晚生為了請教馬術（這篇小說的主人翁會騎馬）之事而前往友人宅，想像中的大綱與實際尋得的內容有所差異，反讓我湧現新的想法。之前聽朋友提到某間尼姑庵的逸事，將其記錄於下：某位性好漁色的伯爵在東京居住的期間放浪形骸，長女與次女皆已出嫁，妻子也早逝，最年幼的女兒一人獨居於伯爵位於京都的宅邸中，過著

1 正確地址應為長谷二六四號，三島多次寫信誤植，為忠實呈現書信文字，原文照錄。

猶如女王般驕縱奢華的日子。下人對她百依百順，加上少女性格早熟，不多時，她的風流韻事便成了京都上流社會茶餘飯後的話題。這般歷程，令人兀自憶起了馬賽爾・普魯斯特可愛的短篇〈社交界〉。身為伯爵的父親以「素行難改」為由，如擺脫不祥之物般將她送進尼姑庵。但她卻三番五次趁著住持外出旅行時，穿著藍、紅或亮黃的衣物，裹上頭巾，由河內的道明寺奔至大阪與尚為中學生的情人幽會。爾後，又與不同的男子交往。戰爭結束後，她與撤退歸來的退伍青年同居，此事雖如公開的祕密，住持卻毫無所悉，服侍她的下人也都裝聾作啞。原來在那間尼姑庵裡的尼姑，有因失戀而落髮的，有雖然懷孕卻假裝成盲腸炎，處理掉孩子後再削髮出家的尼姑。幾乎每位尼姑都各有隱情。尼姑庵竟是如此複雜的地方，著實令我大驚。

昨天，在書店被菊池寬氏的序文感動，遂購買島田清次郎的

《地上》返家閱讀。菊池氏通俗的序文並非出自其對世俗之自信，而是由對文學的自信中衍伸而出。此特點讓我感動不已，因而買下此書。但島田氏的小說與序文卻背道而馳。菊池氏主張「二十五歲以下不應寫小說」，島田氏卻相當反對這點。竊想，島田氏應未理解菊池氏所言真意。二十五歲以下，不，三十歲以下不但根本寫不出真正的小說，與擁有這些認知卻依舊禁不住動筆的眾多年輕人相較，無法想像二十五歲以上方可擁有文學的島田氏，似乎將面臨淒壯的命運謳歌。我與島田氏不同。正因我對菊池氏所言知之甚詳，故讓我百感孤寂。

總之，《地上》的主人翁大河平一郎與其說是苦學力行型或正義凜然型，更像是我們熟知的眾多青少年小說的主角。書中包含了人生的冒險、保護少女的仗義鐵拳，與難容於世的正義感。我們年少時代心中所描繪的理想少年存在其中。但這般人物在小說中登場還為時尚早。私以為，尚且不知青春重擔，一路勇往的冒險精神，不該被局限在小說的框架中。如同亞蘭・傅尼葉（Alain-Fournier）的《高個兒莫南》一樣，就該從小說中逃脫出來。

拜讀太宰治氏所著之《斜陽》第三章時，亦讓我胸臆滿懷。如同陳述滅亡的敘事詩般，可預見其結局將達成之精采藝術性。但也僅止於預見。因為太宰在近乎完成前突現崩毀的高妙不安感，依舊緊緊纏繞其中。太宰的文學，是怎麼也無法達到完美的吧？然而敘事詩卻又非得完美不可。竟自《斜陽》衍伸出這般無意義的感想。

欲再次前往府上拜訪，萬請多自珍重。

匆此

十月八日

三島由紀夫

昭和二十三年十月三十日
鎌倉市長谷二六四號寄東京澀谷區大山町一五號平岡先生（占領軍已開封檢閱完畢）

三島由紀夫先生

敬啟者

關於《盜賊》序文，如此鄭重言謝，實不敢當。大作深遠高妙，吾僅能以粗淺文字撰文。從各種意義上這可說是您的全新嘗試。已拜讀您為凸版印書公司之出版品[1]所寫的解說文，深覺驚異感佩。可看出許多作者未竟完思之處，實屬難得。您年少時期作品約莫拜讀完畢。日前已攜至鎌倉文庫暫存，可至木村君處領回。實質歲末、年初，人情稿件堆集如山。僅此簡覆。

匆此

1 浪漫新書《夜之骰子》昭和二十四年一月，凸版印書公司。

此致
三島由紀夫先生

川端康成
十月三十日

昭和二十三年十一月二日

東京澀谷大山一五號平岡梓宅三島由紀夫寄鎌倉市長谷二六四號（占領軍已開封檢視完畢）

川端康成先生

蒙賜回函，誠惶拜讀，感激不盡。

前些時日，蒙您於百忙中替《盜賊》寫序，感懷於心。喜得您溢美之出色序文，於文庫早早拜讀，喜不自勝。讓木村先生過目後，旋即前往真光社面見社長，影印後將原稿攜回家中，讓雙親與舍弟拜閱，自己也反覆讀了十數遍，蒙你深切厚愛，銘感五內。因恐辜負您的期待，原本停滯不前的工作，霎時撥雲見日，順利推進。於此深切致謝。

此時本應登門致謝，但因序文過分溢美，讓晚生有些心虛，羞於當面向您致謝，恰逢您已就寢，遂匆匆告辭，著實失禮。

此外，先前受凸版印書所託對您的作品集撰寫解說，雖知冒昧仍承攬接受，而今又得您親筆信函，信中盡是叮嚀、指教，不勝惶恐。

晚生一直有個怪癖。無論外國或日本的作家，從不按系統閱讀，只選擇「喜歡的」或「優美的」作品閱讀。您的大作亦然。對您創作的順序與時間，實則知之甚稀，然，所謂之解說應為幫助讀者自在優游作品之橋梁，實不可僭越，我卻主觀為文，對您多所愧疚。

為時雖晚，仍盼您多所海涵。

與現今年輕讀者身於相同世代的我，可自由無拘地闡述對您大作之敬愛之情，讓晚生無比滿足，這般心緒蒙您賜言體察，更令晚生不勝感懷。

近日懶素怠惰，總在稿期迫在眉睫前才慌忙著手工作，實覺羞愧。十一月底後打算著手河出書房的邀稿，暗自起誓要全神貫注、篤志筆耕。書名暫定為《假面的告白》。擬首次嘗試撰寫自傳式小說，並以波特萊爾於《惡之華》中所述之「死刑犯兼行刑者」的雙重決心進行自我解剖。信己所信，並於讀者眼中絞殺我所信仰的維納斯，爾後嘗試能否於此基點上讓維納斯重生。

由於剖析得過於徹底，或許有讀者看完這部作品便對我的小說拒之千里，因此做此決定確需相當決心。若有人認為此作「很美」，則此人必是最理解我之知音。但戰後日本文學界眼界狹窄，本作甚可能終究不得理解以終……

夫人近日可安好？前日聽聞夫人臥病在床，煩代問候。

向寒時節，萬請珍重。

遙祝康健長壽。

三島由紀夫
十一月二日

昭和二十五年一月三十一日

東京澀谷大山一五號平岡代三島由紀夫寄鎌倉市長谷二四六號鎌倉局區內

川端康成先生

別來無恙，恭請頤安。

此次忙於自編自演之拙作《燈臺》，連日席不暇暖，今已沾滿藝者氣息，所幸首場將於二日開演，雖已略晚，特此送上首場演出之票券。由岸輝子主演。若您時間許可，得撥冗蒞臨觀賞，必感萬般榮幸。於七日開始，每晚五點半開演，晚生演出部分約由六點開始。演出所需之能量極其龐大，令人驚訝、眼界大開，往後恐不會再嘗試。然，有生以來，首次接觸如此有趣的工作，猶如抽鴉片般，既愛又恨。

匆匆

三島由紀夫

昭和二十五年三月十五日

鎌倉市長谷二六四號寄東京澀谷區大山町十五號平岡先生

三島由紀夫先生

昨日赴鎌倉文庫的解散會議，來訪未遇，望請見諒。良久未見，未能會晤，實為遺憾。

今日出席了日本筆會幹部會議[1]。明日則需前往文藝家協會處理稅金之事，並有事與舟橋君會晤商談。

本年度的國際筆會大會將在八月中於愛丁堡舉行一週，已收迄正式邀請函。若今年獲准出國，就能兌換美金，亦將正式成為日本出席代表。主題為戲劇，因而於今日的幹部會議上推薦北村喜巴君、阿部之二君等人。至於兩人是否前往，因尚未交涉，不得而知。您是否也有意願前往？雖無法推薦您以筆會代表的身分

1「筆會」為非官方作家組織，旨在促進作家間的友誼與合作。

參與，但應能以與會成員的身分前往，不知您意下如何？來回所需費用約為一百萬圓。不知您可否負擔。雖說日後機會尚多，私以為緊早前往歐洲見識一番，對您將多所助益。

明年大會據悉將於阿根廷舉辦。

另，筆會將於四月十五日前往廣島、長崎，不知能否邀您一同前往？預定參加者約莫十人，但前往長崎者應會更少。

我還打算悠哉地在九州優游一番。您至少到長崎來看看吧，如何？

川端康成

三月十五日

昭和二十五年三月十八日
東京都澀谷區大山町一五號平岡家三島由紀夫寄鎌倉市二一六四號

川端康成先生

前日冒昧踵府拜訪未遇，諸多失禮，望請見諒。

今日又蒙惠賜來鴻，諸多教誨，銘感五內。閱及您詢問前往愛丁堡意願，瞬時欣喜不已，然繼而續看，閱及尚需一百萬日圓，頓覺灰心。以晚生之力，若非中得彩劵大獎，著實負擔不起……或尚有他法可圖？

感謝您亦邀晚生前往廣島、長崎。雖萬希與您為伴，然十五日之前，無論如何都必須將新潮社的書[1]潤校完成，近期每日工作近十小時，深居簡出，十五日完稿後，旋即將著手於《婦人公論》[2]的連載，因恐無法隨行。

1　長篇小說《愛的饑渴》，昭和二十五年六月，新潮社刊行。
2　《純白之夜》於昭和二十五年一月至十月止連載於《婦人公論》。

前往歐洲，尤其是前往已成廢墟的歐洲走歷，一一細數隅隅角落，可謂我最大心願，卻不知何時方能得償。於此期間，若開始奇怪的復興風潮，歐洲魅力亦將盡失。柏林、已成廢墟的德國諸城、義大利、共產統治下的希臘，都是歐洲最具魅力之所。美國雖毫無魅力，但若得機會，我亦會欣然前往。您看過竹山道雄先生的《在希臘》一書嗎？即使此生僅有一次，我亦欲前往瞻仰希臘的萬神殿。

萬請珍重，請代我向夫人問安。

三島由紀夫

三月十八日

昭和二十五年五月九日
大島岡田村大島觀光飯店三島由紀夫寄鎌倉市長谷二六四號（明信片）

久疏問候，望請見諒。

前次未能會晤，抱憾甚深。

東京瑣事煩身，神經幾近衰弱，工作亦無進展，遂臨時起意前往大島。來此之後，突感神清氣爽。晴朗之時遠眺火山，「對世界的憐憫之情」宛如潮水湧現，寫作也日趨順遂。人還真是現實啊。

來到當晚，火山每隔三十秒便出現一次小爆發，窗玻璃搖晃整夜。火山口上的天空宛如夕陽赤紅。地動發出聲響時，火山灰塊隨之跳躍，如微波搖曳，火焰擊打岩石後碎去，如火星飛濺騰空。

據說上月有位魯勇之士，當著同行者的面朝沙漠中如電扶梯般緩慢流動的熔岩一躍而入。同行者無法援救，只得看著他計算時間，據說熔岩花了十五分鐘才將他吞噬殆盡。

此外，前次於府上得見在京都經營吳服店的北出先生，當時告知他舍下地址，近日蒙他前來，為家母購得一襲和服。

能為您新潮社大作[1]撰寫解說，深感光榮。

請您萬千珍重，待返京後再踵門拜見。

1 新潮文庫《伊豆舞孃》解說。(昭和二十五年八月刊行)

昭和二十五年七月二十二日
神奈川縣強羅溫泉中強羅照本旅館三島由紀夫寄鎌倉市長谷二一四六號

川端康成先生

時值盛暑，敬祈大安。

府上各位皆安好否？

晚生目前於中強羅工作。此地氣候涼爽，繡球花盛開，夜晚乘登山車來時，白色繡球花叢沿路點點綻放，散發豔麗神祕氣息。原本下榻於強羅的旅店，但惱於每晚宴會皆有炭坑小調[1]，遂匆匆逃至此處。這間旅房推開窗便可看見明星岳，此時，山邊正高掛著虹彩。月底將返京，雖稍嫌匆促，仍想於下月踵門拜訪。

三島由紀夫

七月二十二日

1 福岡縣民謠。

又，新潮文庫之解說，多所妄言，望請見諒。

昭和二十五年七月二十四日
鎌倉市長谷二六四號寄東京澀谷區大山町十五號

三島由紀夫先生

前日於新潮社拜讀您所寫之《伊豆舞孃》解說原稿。文中承蒙您美言再三，分外感謝。格外以原書之粗淺為憾。

您的大作《愛的饑渴》已由菅原君送抵，打算於明日前往箱根途中拜讀。

看完春信[1]的作品，也看了販售的畫作，然保存狀況甚差，不復往日風采。下月海之祭舉行時能否前來一遊？

耑此致謝。

川端康成

七月二十四日夜

1 鈴木春信，日本江戶時代的浮世繪畫家。

昭和二十六年八月十日
箱根強羅倉田寄東京都目黑區綠丘二三二三號

三島由紀夫先生

昨日來到強羅。我於環翠的房間已被支那派遣軍支岡村寧次（？）將軍占去。當然，已無空房。去電你[1]去年夏天入住的旅店，因時值週六、週日，也無空房，故環翠的掌櫃便讓我去強羅公園上的倉田旅舍。那間旅店被「世界救世教」[2]的屋宅包圍。今日傍晚，仙石原旅舍的高見君夫人來電，提及下週可能前去觀賞世界救世教收藏之美術品一事。其間將有美術商作陪。大倉喜七郎氏亦下榻於高見君之旅店。昨日於小田原車站下車時，便發現他與我同車。此人年事已高，背也駝得厲害。今年乘登山車途中，也看見許多繡球花，宛如凶兆，望之不悅。

1 從這封信開始，川端開始用「你」來稱呼三島，可見兩人關係已更加熟稔，川端也漸以學界前輩或師長的態度自居。

2 原文為「お光りさま」，對照時間重疊性，應是「世界救世教」的俗稱。日本有名的MOA美術館，便是此教派所建立。

前天，《文藝》的山川先生至鎌倉舍下，詢問我關於藤田[3]邀我至法國的傳聞。今秋我尚未有此打算，且提不起勁。之前也勸說過，你一定要出國看看。姑且不論藤田君，你務必要找適當時機盡早前往。《禁色》實為驚豔之作。你若能前往西洋，必可開啟另一新世界。

翻譯《假面的告白》的是哪位美國譯者？又從事何種工作？其實，與華勒斯・史達格納（今春訪日的短篇小說家）[4]相熟的美國大學文學雜誌，每期皆會刊登日本作家的短篇作品。對方再三來函要我提出兩、三位作家人選，關於提出之作品，我亦想聽聽在日居住且會閱讀日本文學的外國人的意見。若你注意到哪些作品譯為外文後仍能饒富趣味，即使僅推薦一篇，亦感激不盡。事實上，不只限一次合作，我打算持續推薦更多作品給史達格納。依小松青君所言，刊載沙特作品的雜誌，也有出版日本文學

3 此指「藤田圭雄」，日本兒童文學作家、評論家。昭和二十六年任《婦人公論》總編輯。

4 Wallace Stegner，美國作家，曾以《安眠的天使》獲普立茲小說獎。

集的計畫。此事之前已聽聞過，但因筆會事務而耽擱。而今，我不僅認為應允諾此要求，更應戮力付諸實行。

暑氣正盛，多加保重。前日多所失禮，尚請見諒。

川端康成

八月十日

昭和二十六年九月十日
東京都目黑區綠丘二三二三號三島由紀夫寄鎌倉市長谷二六四號

川端康成先生

蒙賜來函，不勝感激。原想於工作暫告段落後，寫封久違的「堂堂百頁」長信給您，卻遲遲未能動筆，著實失禮。

去年於強羅與您會晤時，欣喜不可自禁，但由於每晚都會登場的〈月亮出來囉〉的小調著實惱人，故今年遠離箱根，改至今井的海濱與輕井澤，後又被《新潮》的人關在靜浦趕稿。從未有過如今夏如此盡興的夏季，不僅去了海水浴（大概游了五米遠。菅原君見到我游泳的樣子，哈哈大笑，稱我的姿勢如狗爬，還說，若看到我游泳時瀕死般的猙獰表情，即使是百年修來的愛情都會嘎然而止）、跳了舞、騎了馬、划了船，也品酒作樂，工作量卻較去年夏天多出一倍。原因便在於目前完全沒有情愛關係。

關於出國之事，已向青年藝術家會議提出申請。十一日將參與英語測試，勢必落第。因主考官為外國人，無法蒙混過關。還有一事，但目前尚未有定論。因希望請您會賜青年藝術家會議之推薦函，以為您會前往《大鼻子情聖　席哈諾》試映會，特意前往有樂町昂座戲院，但未見您出席，甚感抱憾。關於史達格納氏所提及的短篇，閱及您懇切推薦我投稿之事，甚喜，然拙作之中尚無能即刻投稿之作。不知〈遠乘會〉您覺得合適嗎？至於《假面的告白》，英國的莫理斯表示已交由威瑟比（Meredith Weatherby）翻譯，據說已全數譯畢。但莫理斯之後來函，卻對威瑟比氏是否已譯完、是否已委託適當出版社等事，多所隱晦，目前恐陷入停頓狀態。威瑟比氏是外交官出身，對美國文壇並無涉獵。

前日，閱讀了海涅（Heinrich Heine）的《浪漫派》，海涅對歌德的評語為「既無成果亦無開創」，此類以藝術本質特徵為主要論述之書，讀來興味盎然。正因為是海涅，方可毫無顧慮地暢已所言吧。目前正在閱讀柯爾托（Alfred Cortot）的《蕭邦研究》，亦饒富趣味。

我寫了兩齣舞踊劇[1]。其一是為柳橋舞踊所寫的〈豔冠近松女〉，另一齣則是青山圭男氏的新日本芭蕾〈公主與鏡〉，後者是由《落窪物語》改編而成。前者將於十月底在明治座劇院上演，後者則於十一月底在帝國劇院上演。

近日因貪杯而日益發胖，五月時之體重為十三貫（約四十九公斤），現已為十四貫（約五十二公斤）。這多出來之一貫，或該以公升計算吧。

與吉田健一氏一同前往輕井澤時，他整日酒不離口，到輕井澤前，每次遇到車站沒販賣生啤酒便生氣大喊：「沒賣生啤酒，

1 日本傳統之舞蹈藝術戲劇，源自江戶時期。

蓋車站幹嘛？」抵達之後，也早晚都在喝，一早穿著浴衣猛灌啤酒的模樣，宛如化身「小原庄助」[2]。昨夜陪他至凌晨二時，剛才睡下，不久又聞鄰房傳來咯咯怪笑，前去一看，發現他竟躺在被窩中大飲威士忌。真是不像話。

因為海泳而剃短了頭髮，家母竟因此表示再也不願與我同行。說感覺像是被沒收了進口香菸、去了沖繩一趟回來的人。她不願意與我同行，我反而鬆了口氣。

在輕井澤時，我也去了有不良青少年聚集的露天舞會，深覺「戰後出生的孩子真是可怕呀」。此話源自於久保田萬太郎氏閱及我們在《戲劇》雜誌[3]上的座談紀錄時，曾暴跳如雷怒叱：「呸！戰後派真是可怕！」

夫人身體可康健如昔？久疏問候，請代為轉告，下次於府上拜訪前我會先服用解毒錠，以免中她言語之舌毒。

2 小原庄助為民謠〈會津磐梯山〉的虛構人物，性喜酒氣，整日醉醺醺。

3 座談會「對戲劇界直言極諫！」（出席者：中村光夫、大岡昇平、神西清、福田恒存、三島由紀夫）《戲劇》昭和二十六年八月號）

語多瑣碎，煩請海涵。
請多珍重。

三島由紀夫
九月十日

昭和二十七年二月十三日

巴西聖保羅州林斯多羅間家三島由紀夫寄鎌倉市長谷二一四六號

川端康成先生

久疏問候，近來一切可好？

出發之際承蒙您與夫人多方關照，甚為感懷。現在，我在離聖保羅約一個半小時飛行時程的內陸地區林斯（Lins）近郊，由多羅間俊彥氏所經營的農莊中給您寫信。俊彥氏亦精通葡萄牙語，即使身分由貴族變成農莊主人，亦未見不自然之處。

在紐約時，承蒙帕西尼氏多所照顧了。帕西尼氏因幼子驟逝臨時返美，順道擔任我到訪時的翻譯。若您見到他，請代我向他致意。

在紐約時，我只用到帕尼西氏所寫的推薦信。雖威廉斯夫人亦為我寫推薦信給國務院，但兩者皆用恐會有衝突，我打算將威廉斯夫人的推薦信留至希臘再使用。

在美國時，遇見的美國人皆相當友善，帕西尼先生的一個朋友克魯格小姐更是對我關照有加。雖說所遇之美國人都友好到讓我吃驚，但友好之人與有趣之人還是略有不同。若論有趣之人，無人比得過像帕西尼氏那樣曾在日本久住的人。日本讓人變得更有「味道」。

來到南美後，多少也喜歡上了巴西人的悠閒。此地僑民動輒身家上億，個個大氣體面，並非夏威夷那些卑躬屈膝的二代或三代日僑所能比擬。更重要的是，他們都相當有教養，雖說檀香山離日本更近，但比起住在檀香山的日人，他們對日本的事情知之更悉。

在語言上，母音較多的葡萄牙語也與日語發音較接近，日人即使學著說，也不會有太突兀的感覺。日本於美國的二代與三代僑民，老是把「Let's go.」、「Hey!」、「Come on.」、「Go ahead.」等話掛在嘴邊，日本人一點都不適合這類風格誇大的央格魯薩克遜語言，聽來刺耳，還是葡萄牙語更適合日本人。

原想在多羅間氏那裡拿起鋤頭活動一下，但因過度疲累，未能如願，只得一直休息。切葉蟻的生態很有趣，據說這附近還有蜂鳥和犰狳，但尚未見到。

十六日左右將回到聖保羅，到時會與一位對當地很熟悉的中西先生出發到內陸，展開真正的旅程。預計前往瑪托格羅索州與玻利維亞交界處，聽說到過那裡的日本人尚未超過十人。

二十三日後將返回里約參加嘉年華，結束後（我非常期待里約的嘉年華），本預計前往阿根廷，但因簽證遲遲未核發，若屆時仍無法拿到簽證，則直接前往歐洲。

日本正值嚴寒，懇祈珍重身體。
請代我向夫人問安。

三島由紀夫
二月十三日

昭和二十八年二月十五日
鎌倉市長谷二六四號寄東京都目黑區綠丘二三二三號

三島由紀夫先生

昨日本應參加米川正夫先生的筆會送行餐會兼聚餐，我卻刻意缺席了。我強烈希望這陣子都能深居簡出閉關寫作（並非寫此時手上的東西），或把出國的旅費拿來買茶碗喝茶算了（但我對隱居並沒有偏好）。

《群像》[1]的座談會文章已拜讀，相當有趣。然，因被識破原形又被解剖頗不是滋味，勢必需要再修煉演化一番了。《千羽鶴》的續作，我有意讓你提到的處女現身。

本月《文學界》[2]關於新登場的少年的部分，你是否寫得過於坦白了？

1 〈創作合評〉（評鑑者：龜井勝一郎、堀田善衛、三島由紀夫。刊於《群像》昭和二十八年三月號。）討論作品為川端康成《傷後》（刊於《別冊文藝春秋》三十一號）。

2 《祕樂》（後出版單行本，成為《禁色》第二部）自昭和二十七年八月號起於《文學界》連載。

明日將返回鎌倉，屆時再送上全集十四卷與<再婚者>。

福田家　川端康成

十五日

昭和二十八年三月十日

三重縣志摩郡神島村寺田宗一氏家三島由紀夫寄鎌倉市長谷二四六號

川端康成先生

欣聞身心均健，幸甚。喜獲來簡，感激不盡。我旋即赴府上拜訪，但偶訪不遇，頗感悵然。

今日，來到扼守於伊勢灣口一個名為「神島」的孤島。在《禁色》之後，欲寫些與那些頹廢派小說相反的健康題材，此次前來便是為了事前準備。這座島僅有兩、三百人，家戶約兩百間，完全沒有電影院、小鋼珠店、酒館、咖啡廳這類會汙染人心的「髒東西」。連我都因此被淨化了，竟開始每天早上六點半起床。這裡的生活，似乎才是人類該過的。即使僅有一週，可以這般模仿他們過著人類該有的真正生活，亦覺身心舒適。有天從清晨至傍晚，我都在捕章魚的船上幫忙。因為絲毫沒暈船而獲得讚許。我住在村裡的漁會會長家，一踏進辦公室，有位老漁夫打量了我一番，便詢問身旁的人：「這是誰家的兒子啊？」若有機會，盼能於夏季與秋季再前來此地進行田野調查。望於秋天開始動筆，並於明春完稿。

明早將出發前往三重賢島的志摩觀光飯店。每思及到那之後就要一本正經地使用刀叉進食，自己都覺意興闌珊。

期待返京時能與您會晤。

三島由紀夫

三月十日

又，歌舞伎町上演的《蝴蝶》[1]連百分之一都算不上是我的作品，故未招待任何人前往觀賞。萬望海涵。

1　三島與舟橋聖一共同演出山田美妙創作的《蝴蝶》。

昭和二十八年十月十四日
自鎌倉長谷寄目黑區綠丘二三二三號

三島由紀夫先生

關於大作之推薦文，我非常不滿意。我想，你必定更不滿意。對方似乎於午後來電表示明天一早便要，並委託家人轉告。我因工作外出，接到電話時，心想交稿前至少需重讀一次，然時間上卻無法配合。還望見諒。

工作能一口氣順利進行，相當令人欣羨。我也希望能專心至志於工作上，但不知何時方能如願。最近天氣陰鬱不開，很是鬱悶。似乎至五月尚陡寒依舊。

昨晚因工作外出留宿。由於長時間都待在同一間旅店，雖自在輕鬆，但缺乏刺激。下月我打算前往京都地區旅行一趟，稍事休養生息。

川端康成
十四日

昭和二十八年十月十七日
東京目黑綠丘二三二三號三島由紀夫寄鎌倉市長谷二六四號

川端康成先生

蒙得來函，多所感激。

事實上，為了感謝您的推薦文，本欲提筆致謝，卻蒙您費心慰言，實感惶恐。如我之人竟能獲您溢美至極之推薦文，自當喜不自禁。

據聞您於福田家工作，本欲前往請安問好，但又思及恐打擾您工作，故作罷。後應可在之後林房雄氏的結婚典禮上見面。

昨日，我夜宿修善寺一宿，為大岡昇平先生舉行歡送會，共有五名友人前來。原本前晚應是大岡先生在日本的難忘回憶，卻只招來了些庸俗不堪的藝伎，甚為遺憾。回程行經水戶浦時下車賞景，海岸春陽天晴，日光清透，美不勝收。

大岡先生正因《婦人俱樂部》而苦惱，我也因《主婦之友》[1]而煩不勝煩，兩人相互大吐苦水。雖為「自作自受」，說不定哪天真會請出版社刊出「敬稟：因作者無聊至極故中斷連載」的公告。

對於男子間的情色故事，我已經把想寫的東西都寫完了，意想就此打住，今後只寫健康的小說了。然，此棋實為冒險，如走鋼索般。不先買點保險不行。

您十一月可會前往京都？十一月的京都想必美極。我雖想前往，但若當真成行，又無法毫無顧忌地拋開工作，因此轉念作罷。

收到了福田恒存先生的來信，看來他相當喜歡紐約。身為《Kitty颱風》的作者，我想這也不奇怪。

於大岡先生的餞別會上，我揮毫寫下：

1《戀之都》於《主婦之友》由昭和二十八年八月連載至昭和二十九年七月。

昇平何捨神州地
駕夷狄車下米洲
冀以和朝化紐育

結果被人怒叱：「你果然是個法西斯分子！」
夜寒料峭，望自珍重。

三島由紀夫
十月十七日

昭和二十八年十一月二十五日
鎌倉市長谷二六四號寄東京都目黑區綠丘二三二三號

三島由紀夫先生

因參加文人棋會淘汰賽，來訪不遇，煩請海涵。棋賽先輸給了榊山本因坊，剛稍事振作，又輸給了梢風老師。看來，我還是下下報章雜誌上的棋譜來得強。

收到你祝賀我成為會員[1]的漂亮日式糕點，相當感謝。成為會員一事雖值得感恩，亦覺些許落寞。在京都讓人心志消沉的舊宅小屋裡，我首次為日本的貧窮感到淒清。關於大作《祕樂》，似乎僅見年長者的評論，我對這些時日所見之評論也感到不解。

川端康成
十一月二十五日

1 昭和二十八年十一月十三日，與永井荷風、小川未明一起榮膺為藝術院會會員。

昭和二十八年十二月十八日
鎌倉市長谷二六四號寄東京都目黑區綠丘二三二三號

三島由紀夫先生

已收到你贈送的醃漬鮭魚。似乎總蒙餽贈，歉甚。前日的《地獄變》[1]甚為享受。你自在絢麗的才華讓人欣羨、望塵莫及，唯有喟嘆。劇本著實精采。正月二日若可得閒，雖無特別有趣之安排，欲邀你來舍下一遊。請代我向令堂問安。

川端康成

十二月十八日

1 昭和二十八年十二月，由中村吉右衛門劇團擔綱，首次於歌舞伎座上演。

昭和二十九年四月二十日

鎌倉市長谷二六四號寄東京都目黑區綠丘二三二三號

三島由紀夫先生

蒙你特意來訪，然正逢外出，抱憾為甚。

這段艱難苦行、探掘深淵的工作總算暫時告終，即將打道回府。每年時逢新綠時節，必然身心俱疲。年輕時喜好熱天，尤其遇上酷暑時，似是為與之抗衡而更加心緒高昂，如今則較偏好冷天。

期能改變工作的方式，因只覺厭世。《新潮》[1]之《湖》已成自棄之作，然作品本身並無顯露此種氛圍，有賴菅原君妙手膽改。

西川鯉三郎先生委託我書寫舞踊腳本，甚感為難，因至今並未寫過此類作品。

1 昭和二十九年一月起於《新潮》連載《湖》。

來訪未遇，無法親自款待，再次致歉。

川端康成
二十日

昭和二十九年十一月二日
東京目黑綠丘二三二三號三島由紀夫寄鎌倉市長谷二六四號（限時信）

川端康成先生

蒙您來函，特此感謝。託您之福獲獎[1]，家父家母亦喜不自禁。至深感荷。

另，最近又寫了一齣晚生喜好之戲劇，若能得閒蒞臨觀賞，將感萬分榮幸。日間演出劇目為：一、《櫻丸道行》；二、《珠取譚》（吉井勇氏新作）；三、《太功記十段目》；四、《黑塚》；五、《鰯賣戀曳網》（晚生新作），晚生作品約於下午三點開演。是由《伽草子》改編而成的喜劇。

上月，為了替小說取材而到處旅行，未即回信奉達，實深歉疚。我前往參觀了新潟縣與福島縣交界的「奧只見水壩」，途中

1 因《潮騷》獲第一屆新潮社文學獎。

遇見開通道路的工程，現場監督大喊：「要爆破啦！」讓我驚慌躲至岸邊，頗為刺激。每日酒水為伴，腸胃備感不適。

期待九日時與您再會。我將於自己新戲開演前的休息時間上臺致詞。

請代我向尊夫人問好。

三島由紀夫

二日

昭和三十年二月八日
鎌倉長谷寄東京都目黑區綠丘二三二六號
（原信地址照登，但應為二三二三號之筆誤）

三島由紀夫先生

適才收聽你與歌右衛門的對談，電視未播出著實可惜。又，夾在馬林科夫[1]辭職的喧囂中，妙趣稍減。茲送上《船遊女》[2]票券。演出者為榮壽郎助六，故於夜間時段上演。

川端康成
二月八日

1 Georgiy Maksimilianovich，史達林死後的蘇聯共產黨領導人。
2 西川流舞踊劇《船遊女》。

昭和三十年二月十一日
東京目黑綠丘二三二三號寄鎌倉市長谷二四六號

川端康成先生

本日喜獲來鴻，感懷不盡。由於是透過收音機轉播，必須讓寡言的歌右衛門開口談天，實耗費不少心力。

雖為時略晚，特此感謝您惠贈之「鯉風會」劇團票券。「船遊女」（這名字取得真好）風評甚佳，相當期待。

隨函附上「莟會」[1]之票券。如能撥冗，恭請闔府前去觀賞。明日歌舞伎座散場後，我將由夜半十一時開始排戲，對寫作多有影響，頗感為難。

家母亦囑咐我向您致謝。家母近來苦於更年期症狀，時常忽冷忽熱打哆嗦，若十七日未有發燒之症，當一同前往。期待與您

1 昭和三十年二月，莟會首次在歌舞伎座公演《熊野》。

於劇場相會。

三島由紀夫
十一日

昭和三十年十二月二十二日

鎌倉市長谷二六四號寄東京都目黑區綠丘二三二三號

三島由紀夫先生

昨日返家得知你又送來一盞精美檯燈。連內人都說，實在蒙你餽贈諸多。承你費心，傾感不勝。今晚，剛聽罷維也納少年合唱團的演出。期待與你會晤之日來臨。你於《群像》[1]與三津五郎的對談，我認為是近期對談的難得之作。

川端康成

十二月二十二日

1 與坂東三津五郎的對談「日本之藝術（一）」（刊載於《群像》昭和三十一年一月號）

昭和三十一年十月二十三日
鎌倉長谷二六四號寄東京都目黑區綠丘二三二三號

三島由紀夫先生

　今日收到Knopf出版社的航空郵件，Straus先生寄來一本*Snow Country*[1]。定價一點二五美元的平裝本（平裝本竟如此昂貴），封面的藝伎圖看得我瞠目結舌。又，封底我的簡介寫著「has discovered and sponsored a remarkable young writers as Yukio Mishima」，令我大為吃驚，對你頗感歉意。是因為我在body-building或舉重方面沒有devoting的關係，只能這麼寫？也許日後我能在文學史上留名，便只因為discover了你——這個甚為榮幸的錯誤。總之，提到我這事，總覺得替你帶來了困擾；拜讀了《烏龜追得過兔子嗎？》[2]讓你頻繁地寫到我也造成你的麻煩。

1 此封信的英文（不含括號內英文）皆為原信呈現，往後書信皆採相同標示方式。

2 《烏龜追得過兔子嗎？——落後國家之諸多問題》（《中央公論》昭和三十一年九月號），十月由村山書店刊行。

為了出席菊池寬氏的銅像揭幕儀式，昨日本應抵達高松，但因前日一早胃便痙攣疼痛，身子虛弱（上月風寒未癒時，也曾像這樣胃痛，本月已發生三次），故前兩日皆臥床休息。能於病中拜讀《龜兔》一文，也算臥床之樂。《小說家的休假》[3]讀來有趣極了，也令我收穫良多。〈自我改造之嘗試〉[4]的文體報告也讓人為之驚絕。

《朝日》[5]連載的小說已近完結，執筆中常感遺憾，自覺因撰寫報紙連載小說而浪費了三年時光。雖感倦意，今後仍將繼續做些新嘗試。至今為止的創作，僅是連習作都談不上的練習。聽我這麼說，他人或許會一笑置之，但我確實這麼想。然至明年九月前，我須為筆會的東京大會忙碌，恐無法如心而為。收到基恩（Donald Keene）先生的來信，《潮騷》聽說已成暢銷書。《斜陽》似乎也風評不差，有機會成為暢銷書。Stockholm與Helsinki、Paris與Oslo的出版社都來詢問我《斜陽》的事。可能因為我替他們

3 隨筆評論集《小說家的休假》昭和三十年十一月由講談社刊行。

4 〈自我改造之嘗試——隆重的文體與對鷗外的傾心〉（《文學界》昭和三十一年八月號）。

5 《身為女人》由昭和三十一年三月十六日至十一月二十三日連載於《朝日新聞》。

聯絡過太宰治的美國譯者，他們似乎把我誤認為太宰治的版權agent了。我的《千羽鶴》，德譯版與法譯版亦將出版。但像《雪國》與《千羽鶴》這類小說譯成西洋文字，不知效果如何？出版社或書評家恐需煞費苦心多做解釋。

再次感謝你贈予之《龜兔》。期待《金閣寺》早日出版。

川端康成

十月二十三日夜

許多國家皆對《斜陽》表示興趣，今晚我打算閱讀此書。

明春，雖計畫環遊世界，然一想起整趟旅程因言語不通將又聾又啞，便覺沉重，且身體已近月不佳，該如何是好。

最後，關於筆會會員一事，若你能繼續參與筆會，將備感欣慰。

昭和三十一年十一月一日

東京都目黑區綠丘二三三二三號寄鎌倉市長谷二六四號

川端康成先生

喜獲來函，特此感謝。

久疏問候，甚以為歉。

聽聞您胃痛不適，甚為掛念。我於國外旅行時，因食物過於油膩，分量太多，時常引發胃痛，只得一個人待在旅店房內抱著肚子，不安等待天明。但我的胃痛只要等天亮了便會不藥而癒，完全不需要服藥。福田恒存先生似也常因胃痛所苦，友人的建議不外為戒酒或運動，並沒有立竿見影的治療方式。我認為適量的運動才是最適切的幫助。不如我去找個日本體育大學的學生，每天陪您做些輕量的體操如何？如您願意，我可與日本體育大學的教授聯繫，盡量依您的方便安排。無論如何，這世上再也沒有比體操更無害且有益的良藥了。

恭賀您的《雪國》與《千羽鶴》得以在國外出版。美國人還不算愚笨，該明白之處應該還是能明白。倒是歐洲人，腦子僵硬得厲害，對日本文學缺乏柔軟的理解力。前日，晚生收到於今夏東大討論會時結識的Mark Shorer先生來信，據說Hercourt Brace & Co.欲出版由基恩翻譯的《太陽的季節》，正在與石原君交涉，基恩本人似乎對自己的翻譯相當滿意，甚至特別標註：「石原對美國的青年並無不良影響，因書中所述都是眾人已習以為常之事。」此外，據說克諾夫出版社的史特勞斯先生明年三月亦將來日。晚生的《潮騷》雖登上了*New York Times*的暢銷榜，但也僅一週便下榜了。晚生認為負責翻譯的魏瑟比對金錢太過斤斤計較，將不再與他合作。之後必須找尋新譯者才行。外國人應該不至於每個人都如魏瑟比一般有金錢焦慮症吧。

淨說一己之事，尚希恕之。七日左右，暴發戶趣味的精裝豪華版《金閣寺》即將發行，屆時給您奉上，平裝本便不寄送了。又，十一月二十七日，我將於文學座首演《鹿鳴館》這齣戲劇，若您能蒞臨觀賞將感無比榮幸。待您告知得閒之日與同行人數，再奉上票券。現今的年輕人不知怎麼念《鹿鳴館》[1]，接到不少電話詢問：「kameikan的預售票何時開賣？」他們大概以為那是旅館的名稱吧。

再和您分享一件小道趣聞，據說文學座的演員中有人問：「接著要演哪齣戲？」某位仁兄回答：「七鳴館。」看到對方一臉不解，他慢條斯理地數著指頭說：「啊。搞錯了。應該是六鳴館才對[2]。」

言歸正傳，您看過《中央公論》頗受好評的《楢山節考》嗎？

1 正確發音為rokumeikan。

2 「六」的日語讀音與「鹿」相同。

這小說讓我如渾身起疹子般厭惡，甚至連刊載此作的《中央公論》都令我作嘔，據說之後還將改編為電影，倘若電影上映，我連電影院前都不想經過。這般讓人厭惡的文學，豈非太過犯規了些。

您看過《貓、庄造和兩個女人》這部電影嗎？我很喜愛貓，家中女傭看完電影說：「主角真是和少爺您一模一樣呢。」此刻，當我在寫此信時，膝上也睡著一隻快四公斤的貓，與啞鈴差不多重了。

向寒時節，懇祈珍重。

三島由紀夫

十一月一日

昭和三十一年二月七日
鎌倉市長谷二六四號寄東京都目黑區綠丘二三二三號

三島由紀夫先生

適才在寒雨中與Mr. Beaton見面。讓我在大四君[1]祖父揮毫的屏風（玄關）拍了張照。Mr. Murray在返美前日來訪，他要我倚在阿富汗的哈達佛頭旁拍照。

竟然要用我這張老氣寒酸的臉來進行文化輸出，若我能如你這般年輕就好了。

神西先生[2]的狀況聽說不太好。

Mr. Beaton問我寫作時間是否固定，內人回他我因忙於筆會工作，寫作已暫停一段時日。Mr. Beaton說，那類的事情還是別做為好。

1 巖谷大四的祖父為巖谷一六，貴族院議員，亦為畫家。

2 神西清。昭和三十二年三月十一日歿。

四月時，本打算舉行海外旅遊為筆會招攬會員，屆時大概又會被洋食搞壞肚子，考慮作罷。昨晚讀了《解釋與鑑賞》[3]的西洋與東洋一文，也讓其他人一起看了。時常叨擾麻煩你，著實過意不去，今後你大可推辭無妨。為時稍晚，恭賀你的《金閣寺》[4]榮獲大獎。若Mr. Straus來日，希望能與你一同和他會面。

請代我向令堂問安。堀田善衛先生家遭祝融之災，稍後我將與攜母同行的石原慎太郎先生一同搭乘橫須賀線前往探視。

川端康成

二月七日

3〈川端康成之東洋與西洋〉(《國文學之解釋與鑑賞》昭和三十二年二月號)

4《金閣寺》榮獲第八屆讀賣文學獎。

昭和三十二年三月二十一日

鎌倉市長谷二六四號寄東京都目黑區綠丘二三二三號（限時信）

三島由紀夫先生

諸多關照，不勝感激。Encounter出版社發了電報，表明將於本月三十一日舉行歡迎派對，心想至少應把大作譯本讀過，目前閱讀中。與上智的羅根多夫（Joseph Roggendorf）神父餐會時談及你的劇作上演之事，他託我問他是否也能同行，並借走了Encounter雜誌。若方便，請將票券寄至「千代田區麴町紀尾井町上智大學 羅根多夫」。

川端康成

三月二十一日

收到許多《千羽鶴》的書評。或許因為日本文學在西方世界尚屬罕見，收到的好評出乎意料。就怕他們把此書當成是典型的現代日本文學。據說許多人以為譯者八代佐地子是位男性。

昭和三十二年六月二十九日
鎌倉市長谷二六四號寄東京都目黑區綠丘二三二三號

三島由紀夫先生

出發日益近，羨甚。明春，我亦打算由美國遊至歐洲，但以當前狀況，著實擔心能否籌足旅費。

旅居歐洲時身心皆感自由開放，返國旋即落入「地獄」，面臨陰沉厚重的梅雨時節。無論心理、生理，對溼氣皆苦於應付。

正思考該如何替你餞行，但因思維駑頓，只得隨信附上煞風景的實用品以表祝賀。

川端康成

六月二十九日

蒙你惠贈近作《美德的徘徊》與拉辛（Jean Racine）的《布利達尼可斯》（*Britannicus*）。待忙完筆會之事，我也欲一新寫作。

昭和三十二年七月七日
鎌倉市長谷二六四號在川端家親手遞交

川端康成先生

前日收到您的來函與貴重的餞別之禮，心感何極。想前往貴府親自致意，無奈您外出不在，故留下此函。時近出發之日[1]，不及再次踵府致意，雖感遺憾，但仍會振作精神。

雖筆會之事忙碌，唯祈千萬珍重，康健為上。

抵達他地後再致函相稟。

三島由紀夫
七月七日

1 七月九日晚，應克諾夫出版社之邀前去美國。

昭和三十二年七月二十九日
美國紐約市葛拉史東家三島由紀夫寄鎌倉市長谷二六四號
川端康成先生

來紐約已屆一週。

史特勞斯夫婦對我相當照顧。尤其是史特勞斯夫人，乍看嚴肅可怖，實為親切良善之人。週六應邀前往他們於康乃狄克州的別墅，今早才剛返抵紐約。在那裡，見到了《裸者與死者》的作者諾曼・梅勒（Norman Mailer）先生。我常與史特勞斯先生聊起您的事。他的別墅有些地方與輕井澤頗為相似，因此兩人便聊及，若您到此別墅，應該也會喜歡。

因為戲劇對我而言較難，因此在紐約先看了歌舞劇。看到舞蹈場面，出場的女演員個個貌美如花，服裝也相當華美，不禁為日本新劇的寒傖感到悲悽。

行前聽說美國食物糟糕，事實不然。無論是昂貴的菜餚或家庭料理我都品嘗過了，絕對談不上難吃。

大致上，在這裡的生活很悠閒。但也沒什麼讓人驚豔的有趣之事。但能避開在日本讓人煩心的瑣事，已是萬幸。

時值酷暑，想必您依舊忙於筆會之事吧。請珍重身體。

基恩先生三十一日將出發前往日本。他一離開，我勢必有些不安，但也無可奈何。這幾日我幾乎每天都與他會面，的確是個親切的好人。在派對上不斷以英語對談，甚感疲累，幸好有他能與我公然地用日語說列席者的壞話，而後開懷大笑，好不痛快。

想在紐約揚名立萬，著實如痴人說夢。基恩先生說，即使看到一隻白色河馬躺在馬路上，紐約人也不會訝異。我的確見到許多這類對什麼都興趣缺缺、貧乏無趣的名人。

請代我向夫人與令嫒問安。

三島由紀夫
七月二十九日

又，我會在此停留一段時間，之後前往中美洲，於秋季返回紐約。

昭和三十二年十二月二十一日[1]
鎌倉市長谷二六四號寄東京都目黑區綠丘二三二三號

三島由紀夫先生

知曉你歸國一直想找你聊聊。昨晚因出席芥川獎未遇，相當遺憾。特地帶精美土產給家內眾人，不勝感謝。近日若有機會，想與你見個面，我會再打電話與你聯絡。我欲出國一遊之渴望難以遏止。久旅歸來，請多加休息、以消疲累。蒙你餽贈，再次感謝。

川端康成

十二月二十一日

1 據內容看來，此信正確日期應為昭和三十三年一月二十一日。郵戳為三三．一．二二。（——根據《川端康成全集　補卷二》註釋）

昭和三十二年十二月三十日[1]

鎌倉長谷二六四號寄目黑區綠丘二三三二三號（當日限時信）

三島由紀夫先生

為了讓你確認對方的輕蔑，請看看三橋美智也所寫的歌詞。

舟橋君的《菊五》約六時開始，我的《古里之音》[2]約莫九點開始。由於未事先預約，只得將就坐備用席，但可使用管理室，等藝伎離去後可使用她們的座位。

川端康成

1 據內容看來，此信正確日期應為昭和三十三年一月三十日。郵戳為三三．一．三〇。（——根據《川端康成全集 補卷二》註釋）

2 昭和三十三年一月，舞踊劇《古里之音》由西川流鯉風會擔綱公演。

昭和三十三年二月九日
鎌倉市長谷二六四號寄東京都目黑區綠丘二三二三號

三島由紀夫先生

從西川先生之夜返回後收到〈橋〉，即刻拜讀。〈橋〉雖有趣，但我認為〈女方〉[1]、〈顯貴〉[2]──或說美篤書房的《宗達》[3]更為優異──當中尤偏愛〈女方〉。

之前提到的翻譯事宜，原本認為不妨與文藝家協會與筆會交涉，後思及不過是由亞洲各國收集英譯短篇的事務性工作，應該與筆會的松岡洋子小姐聯絡即可（辦公室現於朝日新聞的七樓）。我已與松岡小姐談過此事。

川端康成
二月九日

1 〈女方〉（《世界》昭和三十二年一月號）。
2 〈顯貴〉（《中央公論》昭和三十二年八月號）。
3 《宗達的世界》（原色版美術藏書一一四《宗達》，昭和三十二年七月收錄於美篤書房刊物）。

昭和三十三年七月二日
鎌倉市長古二六四號寄東京都目黑區綠丘二三二三號平岡梓

平岡梓先生

　　昨日因出席筆會例行月會，無法恭候大駕，抱憾甚深。內人正於北海道旅行，前些日子令郎來訪時亦不巧無人在家，多有失禮。

　　昨日收到您餽贈的精美法國銀器，感謝之至。

　　前些日子公威與瑤子夫妻能撥冗前來已感懷不盡，慎重以待實愧不敢當。所贈銀器將永懷為念。耑此再次致謝。

川端康成
七月二日

昭和三十三年七月二十二日

鎌倉市長谷二六四號寄東京都目黑區綠丘二三二三號

三島由紀夫先生

前夜[1]，非常感謝你。

若問我對女主角或其他演員表現有何不滿，或許是閱讀時的幻想遭破壞之處甚多吧。我收到了朝吹三吉氏寄來的《小偷日記》，若你知道朝吹氏的地址，煩請告知。

川端康成

二十二日

總感覺不該去信到他的辦公處打擾他。

1 昭和三十三年七月八日，於第一生命大廳觀賞文學座公演的《薔薇與海盜》。

昭和三十三年八月二十六日
長野縣輕井澤町一三〇五號寄東京都目黑區綠丘二三二三號

三島由紀夫先生

今早收到你的慰問信，滿懷感謝拜讀完畢。今日原本打算搭乘火車返家，家人與狗則坐車，卻因颱風而延後。如今快深夜十一點了，耳邊全是颱風的新聞，我也湊熱鬧聽了一天。八月初臥病於鎌倉時，一直盯著高中棒球、職業棒球等電視轉播，八月底來到輕井澤後，透過收音機聽著棒球、相撲等轉播是我最熱中的事，這樣的日子悠閒自在。這件事，可要替我保密。數年前開始，時常半夜心窩疼，最近發作頻繁，疼起來似乎僅剩胸與胃一般。上回發作時，附近的醫生檢查出膽囊腫脹，據說是膽結石（但不知是否真有結石）。心想終於搞清楚長年來的毛病為何，也算好事。來到輕井澤後狀況變差，反胃想吐，但三、四天前突然好轉。如果膽囊反覆疼痛，可能會有罹患胰臟癌的風險，因此醫生建議我把膽切除掉。但如果沒了「膽」，以修辭學來說，還是讓我有些忌諱。但不只是「膽」，恐怕我的五臟六腑皆已老化了吧。雖然在工作上尚未有何成就。

想招待賢伉儷卻遲遲未履行，美國行也延後了，工作上也力有未逮，如今才知道全是身體的緣故。此次返家後必然要好好調養。如你的宗達歌右衛《門》之類的作品我本來就寫不來，如今更力不從心。

待颱風過後旋即返家。身為病人一事姑且不談，請你不必太過擔心，並幫我保守這個祕密。

《婦人雜誌》[1]關於令堂之事令我相當感動。我之前並不知曉此事，還望你海涵。

1〈我的母親——我最忠實的讀者〉（《婦人生活》昭和三十三年十月號、雜談。）

十二點前刮起了風，輕搖群樹，沙沙作響。但信州較少受颱風影響，此山間小屋亦位於防風林之中，請你放心。此次風災，希望府上安然無恙（十二點前又有颱風預報）。

基恩返美當天先來到鎌倉。當天我並未臥病在床，聽他談了些大作戲曲在各地上演之事。

請代我向令尊、令堂與夫人問安。我的身體並無大礙，（如今日）或許可說是近來狀況最好的一段時日。

川端康成

二十六日

昭和三十三年九月二十五日
東京目黑綠丘二三二三號三島由紀夫寄長野縣輕井澤町一三〇五號

川端康成先生

久疏問候，甚以為歉。

事實上，在《新潮》的菅原先生告知前，並不知悉您於輕井澤靜養之事，未能親探，尚祈海涵。

知您靜養後康健不少，幸甚。去年秋天臥病時蒙您來信問候的父親，以及母親與內人皆囑咐我向您問安。晚生近來也開始兼職編輯工作，參與了《歌右衛門寫真集》[1]、雜誌《聲》[2]等書的編輯，兩者皆滿懷期盼能獲您惠賜稿件，故於此厚顏邀稿。

承您關心，婚姻生活已經習慣，最近已不再過量飲酒或夜半遲歸，惟恐學會太多好習慣，反為日後帶來困擾。

1 昭和三十四年九月，編輯寫真集《六世中村歌右衛門》。同書發表〈六世中村歌右衛門序說〉。

2 昭和三十三年十月，於季刊《聲》創刊號上發表〈鏡子之家〉第一章、第二章（編輯群：福田恒存、大岡昇平、中村光夫、吉田健一、吉川逸治、三島由紀夫）。

最近遇見橫光象三君，催促他應早日成婚。如今方才理解一見獨身者便嫌之厭之，隨口想勸人早日成婚的心理。心想，在下自身似乎也落入這個社會所羅織的圈套了。

若說待您返京後勢必登門探望，未免過於浮誇，不如說想因久疏問候向您致歉，並有多事欲向您請教。

請代我向夫人致意問安。

祈願您靜心安養，身體為上。

匆此

三島由紀夫

九月二十三日

昭和三十三年十月三十一日

東京目黑綠丘二三三二三號三島由紀夫寄鎌倉市長谷二六四號（限時信）

川端夫人

前略。如日前之約，我與家父、家母商討後，整理出住院[1]時必要的物品細項。

（一）寢具類

一、鋪在病床草墊上的墊被兩床。

二、毛毯兩床。

三、羽毛被一床。

四、床單四、五件，尺寸為36、65

五、枕頭

1 昭和三十三年十一月，川端夫妻同時住進東大醫院木本外科、沖中內科。（譯註：「木本」與「沖中」應為負責醫師之姓氏）

六、枕巾四、五件
七、圓草墊
八、內衣褲
九、浴衣五、六件（以備異常出汗之需）
十、一般毛巾十條（以備異常出汗之需）
十一、浴巾兩條
十二、手帕兩條
十三、和式棉袍一件

（二）洗臉與日常用品

一、塑膠布大小兩片
（進食時可置於膝上或用於盥洗時）
二、衣架兩、三只

三、冰枕
四、懷爐
五、熱水袋兩個
六、剪刀與指甲剪
七、刀子
八、線與針
九、盥洗用具一套（牙刷、牙膏、臉盆、洗臉皂、刮鬍刀）
十、肥皂
十一、水桶一個
十二、抹布兩條
十三、舊報紙一疊
十四、衛生紙
十五、鏡子

十六、安全別針
十七、拖鞋數雙
十八、垃圾桶
十九、臥室便盆
二十、尿壺

（三）廚房用品與看護及招呼訪客用品

一、抹布兩、三條
二、茶具一套（茶壺與茶杯）
三、點心盆
四、熱水瓶
五、不求人
六、衛生筷數雙

七、托盤一組兩、三個

八、菸灰缸與火柴人

九、飯碗（病人用）

十、湯碗（病人用）

十一、盤子數個（病人及待客用）

十二、杯子數個

十三、牙籤

十四、藥罐

十五、蓋子數個（打開罐頭後覆蓋用）

十六、大湯匙（病人及待客用）

十七、小湯匙（病人及待客用）

十八、長嘴壺兩個（病人用）

十九、食鹽

二十、砂糖
二十一、醬油
二十二、味精
二十三、烤海苔
二十四、酸梅
二十五、紅茶
二十六、粗茶
二十七、一升米（可熬米湯用）
二十八、倒洗茶杯水的水桶
二十九、開罐器
三十、水果刀
三十一、開瓶器
三十二、磨泥器

三十三、刷子
三十四、鍋子中、小各一(可加熱湯、牛奶或煮粥)
三十五、烤魚器一個
三十六、平底鍋一個
三十七、小砧板與菜刀
三十八、檯燈(雙燈絲燈泡的)
三十九、大花瓶數個(用以插放探病所收的花)
四十、座墊五、六個
四十一、涼蓆三件
四十二、摺疊椅三、四張
(可由上野松坂屋直接送至病房,一張約五、六百日圓。)

上述物品幾乎都可於上野松坂屋(每週一休息)買齊。即使在住院前一天，只要到松坂屋，在家庭用品部找一位主任級店員，請他幫忙把商品備齊便可。

家父說，待入院後直接由我們這裡打電話通知松坂屋的主任，請他將物品直接送到醫院應是最好的方式。

家父會這麼說，是因為即使已預約病房，但在患者入住前病房都會上鎖，必須等入住後才能將物品送進去。

為了購齊上列物品，若您不介意，家母盼能與您為伴，提供協助。

此外，醫院中有食堂、鮮果店、藥局、雜貨店、電視機出租店與理髮店等。電視機出租店的東西不是太好，但可自行裝上天線。至於其他部分，只要與醫院充分溝通，相關手續應可順利申辦。

關於病人的飲食，最好還是自理，不要吃醫院的伙食。包含我在內，都將醫院提供的患者餐食送給看護，看護也很高興能減輕餐費的負擔。

至於看護與其他小費的相關事宜，待入院辦妥後，家母會提供一些意見供您參考。

以上便是由雙親入院的經驗整理出來的報告，如有冒犯，還請海涵。

家父、家母與內人都相當關心你們的身體，祈願能早日康復。

三島由紀夫

十月三十一日

昭和三十四年二月五日
東京目黑綠丘二三二三號三島由紀夫寄鎌倉市長谷二六四號

川端康成先生

喜獲來函，銘感切謝。您入院後久疏問候，連您出院了也不知悉，未能前去效綿薄之力，「男子漢小幫手」多所怠慢，還請見諒[1]。

衷心慶賀您出院。手術總可靜待時機再行安排，先就此保存您的龍安寺石庭[2]，也算是件雅事。總之，此次終找出致病緣由並安心修養，方才至關緊要。如此一來，我等終可安心。

聽聞夫人亦無大礙，雖放下心來，然一人獨留醫院恐有諸多不便。如有無法親自處理之事，請勿見外，盡量吩咐。

接著向您稟告晚生近況。家內眾人皆康健度日，我的原稿[3]

1 《男子漢小幫手》為當時《週刊讀賣》的連載漫畫。
2 此處應是借川端喜愛的京都古蹟「龍安寺石庭」來代表他還沒切除的「膽結石」。
3 昭和三十四年一月四日，完成《鏡子之家》第一部，並於同月五日起稿第二部。九月，於新潮社同時發行第一、二部。

也完成過半，七月左右應可付梓，終可稍事喘歇。

寫作時，若順水順風，則覺「這是份最棒的工作」。一旦遭遇阻礙，則覺「這是份最艱辛的工作」。因此寫作過程心境不斷變化，在寫完千頁稿紙前，途中必有許多高山深谷。

承蒙賜教，指出可將《文章讀本》[4]略增內容後出版成書，可惜已無可增改時間，僅加入類「速記」的文章後彙整成書。之後則補增「關於文章的Q＆A」一章。

在美國託基恩先生翻譯的《近代能樂集》至今僅賣出七十冊！相較之下，魏瑟比翻譯的《假面的告白》已售出五千本。即便在美國，戲劇類書籍終究也沒有市場啊。

五月左右將遷居至目前仍在施工中的大森新屋，至今卻仍未購齊家具，恐要至夏天才能招待您前來舍下。此房舍設計頗不一般，請您務必蒞臨一品。

4 昭和三十四年一月，於《婦人公論》別冊附錄發表〈文章讀本〉。六月，由中央公論發行。

近日將踵門前訪，屆時再一一相談。

匆此

三島由紀夫
二月五日

昭和三十四年四月十六日
鎌倉市長谷二六四號寄東京都目黑區綠丘二三二三號

三島由紀夫先生

蒙贈《金閣寺》[1]英譯本，銘感無既。順利出版，可喜可賀。一直以來，我最希望你這本書能翻譯成國外譯本，相當期待海外對這本書的回響。裝訂與封面繪圖皆沒問題，稍感安心。負責插畫的女士與我的《雪國》、《千羽鶴》為同一人，似乎是二代或三代的日本移民。美國國務院人才交流局邀請我於今年中至美國訪問兩個月，但腹中的小石群讓我遲疑是否前往。雖說如今除赴國外遊歷之外，已無令人欣喜之事。蒙你掛心，內人也託你之福日漸痊癒，昨日出席皇太子慶祝會後於鎌倉暫宿，明日觀賞完東舞踊便返回醫院，近期應可出院。她在醫院已待了五個多月。

1 *The Temple of the Golden Pavilion*，昭和三十四年四月由克諾夫出版社出版，伊凡·莫理斯（Ivan Morris）譯。

令堂後來身體可無恙？亦請尊夫人保重身體。

川端康成

四月十六日

昭和三十四年九月二十日
長野縣輕井澤町一三〇五號寄東京都大田區馬込東一之一三三三號

三島由紀夫先生

為參加《暗夜行路》試映會於十六日返回鎌倉，旋即收到紀子[1]的彌月禮，著實愧不敢當。總是待截稿日期過後才姍姍交稿的惡習，還望您多見諒。讀畢你寫於《新潮》[2]日記中已完成的三大事業，深感即使我窮盡一生也無法做到。新潮[3]的文學全集還要勞煩你，先在此致謝。事實上，我也打算好好整理一番。最近在週刊上讀到奧黛莉·赫本因膽結石疼到半夜摔下床，又讓我覺得切除了很可惜。我在考慮明春赴美後轉赴巴西，並至羅馬觀看奧運。

僅此再次致謝。

1 三島由紀夫之女。
2 《日記——裸體與衣裳》自昭和三十三年四月號至九月號，於《新潮》連載。
3 《川端康成再說》(日本文學全集30《川端康成集》月報。昭和三十四年七月，新潮社刊行。)

川端康成
九月二十日

昭和三十四年十月五日
於大阪三島由紀夫寄神奈川縣鎌倉市長谷二六四號

川端康成先生

喜獲來鴻，不勝欣喜。目前，為了準備新潮社的簽名會來到大阪。是趟久違的閒適、愉快之旅。因無攜帶工作前來，恍如出國一般自在。這陣子的確過於忙碌了，連我都在遇上燠暑苦夏後身體出現異狀，如今全然無心工作。

家母為了做甲狀腺的精密檢查，如今正在進行健康檢查。檢查完後，便可科學性地正確投藥，應有助於賀爾蒙重獲平衡。家母原本很排斥住院，入院後反倒悠閒愉悅，甚直還偷溜出去學三弦曲，似乎很享受住院生活。

欲出售許久卻無人問津的綠丘家宅終於售出，身旁瑣事總算一一了結。

事實上，前陣子拜讀了您於《週刊朝日別冊》[1]所寫的〈安眠藥〉一文，心中相當憂慮。偶遇舟橋勝一氏時，他也說那篇文章讓他很為川端先生的健康擔憂。或有踰矩失禮之處，但若您能徹底來養生，或接受治療，應當更為有效。

內人與小孩[2]皆健康爽朗度日，請您放心。小孩一見我就胡亂發笑，略感詭譎。

不知尊夫人近日可好？請帶我向夫人問安。

秋冷時節，至祈攝衛。

三島由紀夫

十月五日

1 〈安眠藥〉（《週刊朝日別冊》，昭和三十四年九月一日號）

2 昭和三十四年六月二日，長女紀子誕生。

昭和三十四年十月十三日
鎌倉市長谷二六四號寄東京都大田區馬込東一之一三三三號

三島由紀夫先生

大阪來函敬悉，總勞你掛心，感懷於胸。紀子已經會笑了呀，我定會找時間去看看她。知悉令堂已無大礙，甚感欣慰，唯祈珍重。我今年去輕井澤原計畫是要戒斷安眠藥，無奈整個八月來訪者眾，無法成功。或許正如今早報紙（《產經新聞》）上的〈恐怖的安眠藥V（Valamin）〉一文所述內容。換言之，安眠藥可能與麻醉藥或興奮劑有同樣的效果，這令我也相當憂心。有一次我吃下安眠藥後寫信給原田康子小姐，卻言不及義（光看文句雖還算有條理）。正如你所說，我是該好好保養身體了。

九月三十日由輕井澤返回後收到了《鏡子之家》。為了寫序

1，我在讀兩本書的校樣，還未得閒拜讀大作。待序文完成，旋即拜讀，還望見諒。

內人羅患了被沖中內科認為是（日本國內）臨床首見的疾病（？）狀況不明，偶爾會有輕微不適。我預計明年五月赴美，再由南美轉往羅馬觀賞奧運，你覺得如何？

川端康成

十月十三日

1〈幸福之谷〉，為野上彰《輕井澤物語》（昭和三十四年十月三笠書房出版）所寫序文；以及為澤野久雄《風與木的對話》（昭和三十四年十一月雪華社發行）所寫推薦文。

昭和三十四年十二月十一日

鎌倉市長谷寄東京都大田區馬込東一之一三三三號

三島由紀夫先生

承蒙佳肴美食款待，不勝感謝。前夜忙於欣羨你與高見君妙語橫生的風采，未就受款待一事向你道謝，著實失禮。

明日週六，我又將與中央公論的藤田君前往京都。打算明年於京都覓得一落腳處，暫居些許時日，好好遊覽一番。如可行，計畫動筆寫寫有關《新古今集》時代[1]、東山時代[2]的東西，但你也知我生性懶散，不知能否如願。十五日轉往伊賀町（舊稱柘植町）參加橫光文學碑的揭幕儀式後便返家。

當地為山中盆地，因生性畏寒故此行已攜帶電毯前往。

請代我向令嚴、令堂與尊夫人問安。

1 《新古今和歌集》編撰時期約為鎌倉時代初期。

2 室町時代中期，足利義政統治下約莫半世紀時期。

川端康成
十二月十一日

昭和三十四年十二月十八日
東京都大田區馬込東一之一三三三號三島由紀夫寄鎌倉市長谷二六四號

川端康成先生

前日喜獲來鴻，心懷感慰。今日尊夫人光臨寒舍，不巧全家外出不在，著實失禮、抱憾良深。夫人之前贈予紀子的可愛粉紅小狗玩偶已放進紀子的小床，她高興地呀呀發笑。此外，還收到時常於美國電影見到的可愛嬰兒衣裳，比起紀子，家母與內人更加開心收到此禮，兩人激動地說下次出門一定要讓紀子穿著。勞您費心送禮，厚情盛意，感謝之至。

您此次前往京都取材中世資料一事，亦聽嶋中氏提起，自終戰後便聽您說過「想寫關於義政時代的故事」，百般期待能早日拜讀您的此類大作。

前次座談會上，您的神色健朗。看見您精神奕奕的模樣，我終於放下心中大石。近期無論去到何處皆被嘲諷我的演員事業[1]，至今方覺這世間真是可怕（這當然是假話）。

前後費時兩年的《鏡子之家》，卻被評為「極失敗之作」，著實令人生厭。雖說努力非必然與工作成就成正比，但付出愈多，失望也愈大，讓我不禁思考，是否別投入太多努力好些。《中公》[2]的連載，原打算「輕輕鬆鬆」應付，一旦提筆卻又無法妥協。內容是在講般若苑[3]，愈收集相關祕聞愈覺有趣，因太過有趣，作品或有敗給題材之虞。自己真應該好好休息一年了，但若待在日本，恐難如願。

正月又將於文學座[4]上演怪劇，如可得閒蒞臨，即奉上劇作票券。之後將去觀賞的西班牙舞劇令人相當期待，然尤・蒙頓（Yves Montand）的演出則與莫斯科藝術座一般，我堅持抵制，完全

1 昭和三十四年十一月，與大映電影公司簽下專屬契約。隔年擔綱主演《風野郎》。

2 《宴席之後》，昭和三十五年一月號至十月號於《中央公論》連載。

3 薩摩藩別邸，明治時代為寺島宗則的宅邸。昭和年間，奈良般若寺的客殿移至此處。

4 昭和三十五年一月，《熱帶樹》於文學座上演。

不打算前去。

請代我向尊夫人問安、致意。

三島由紀夫

十二月十八日

昭和三十五年十一月二十四日
美國紐約三島由紀夫寄鎌倉市長谷二六四號

川端康成先生

出發之後毫無寄語、問候，實屬不該。在檀香山的四天，我悠閒度日，為散盡束縛舒緩身心。在舊金山的那兩天，只顧遊山玩水，內人直至抵達舊金山方有人在西洋的真實感受，興奮不已。至洛杉磯時，下榻旅館不巧正是我憎厭的共和黨選舉總部，竟與尼克森同居一地。餐點服務紊亂延遲，旅館內因選舉騷亂不靜，連我們都跟著受累。然，迪士尼樂園著實有意思，真沒想到世上竟有如此有趣之地。抵達紐約已兩週，然您也知之甚詳，此地連日赴約不暇，連午睡閒暇亦無。

已見過伊藤整氏[1]，他說已聽取您的忠告，篤行午睡，修養

1 應哥倫比亞大學之邀，伊藤整於十月便赴美。

生息。有吉小姐[2]已赴歐洲，故此次未得見。亞世達飯店就在時代廣場正中央，即使深夜歸來，廣場依舊人聲鼎沸，讓人捨不得早早入睡。於法比昂・鮑爾斯（Faubion Bowers）先生家中見到葛麗泰・嘉寶（Greta Garbo），喜難自禁。十二月二日即將出發前往歐洲，但對晚生而言，紐約似乎更得我心。

請代向尊夫人與令嬡問安。

三島由紀夫

十一月二十四日

2 受洛克斐勒集團之邀，有吉佐和子於昭和三十四年十一月赴莎拉勞倫斯學院留學。昭和三十五年八月，由美國出發遊歷歐洲、中東等十一國，於十一月歸國。

昭和三十六年四月二十三日
京都下鴨寄東京都大田區馬込東一之一三三三號

三島由紀夫先生

前些日子在選舉新理事（多為熟面孔，無太大異動）所召開的總會上，因時間急迫而多有失禮，請多包涵。芹澤君已告知關於文藝家協會言論表現委員會的大致情況。我想，筆會新理事會應會與文藝家協會採取相同態度。二十八日將於新理事會針對會長等職務進行改選，我打算交棒，但不論由誰擔任會長，對《宴後》[1]的態度應不會有所不同。而且我也會繼續擔任理事。芹澤君認為三島先生定會勝出，不知結果將會如何。四月初時，我來不及欣賞京都花景便離開，這次恐又無法一賞新綠。待會長之事塵埃落定，我打算先前往新潟再返回京都。京都奈良一帶有許多

1 前外相有田八郎認為三島由紀夫所著《宴後》中的角色有影射他之嫌，故提起訴訟，文藝家協會言論表現委員會於四月十五日針對此事請三島前往說明。

地方值得走訪，街上汽車也不猖狂。關於訴訟，我亦可相助一二。還望你能出席理事會，針對該事略作說明。

川端康成

四月二十三日

昭和三十六年五月二十七日
京都市木屋町二条下其半代寄東京都大田區馬込東一之一三三三號

三島由紀夫先生

前日蒙你特意出席筆會[1]，卻未招待周全，多所失禮，望請海涵。

文藝家協會與筆會雖都表明將支持你，但似乎不適宜在此時便發表此決議或宣告。將來若有需要，必將出聲言明。

時常以瑣事相擾，歉意甚深，唯之前提過的諾貝爾獎一事，如果僅回覆一封電報，對方恐以為我不夠重視（雖獲獎希望渺茫），故想請你寫封簡單的推薦文，屆時我再請人與其他資料一併譯為英文或法文寄送瑞典學院。

冒昧請託，惟望幸許。

1 昭和三十六年五月十六日，三島向日本筆會代表針對《宴後》問題提出說明。

三十日晚，我計畫前往鞍馬觀看五月的滿月祭。

川端康成

五月二十七日

昭和三十六年五月三十日
東京都大田區馬込東一之一三三三號三島由紀夫寄
鎌倉市長谷二六四號（限時信）

川端康成先生

喜獲來鴻，十分感謝。

前日於筆會蒙您多番關照，盛情款待，感懷於心。諸位願支持晚生之心意，我由衷感激。

關於諾貝爾獎一事，雖恐晚生拙文反增困擾，承蒙您倚重，甘冒不諱草書一文[1]，隨信附上。若能有所助益，將感無上光榮。若尚有可效勞之處，請勿介懷儘管吩咐。

晚生近日渾噩度日，瑣事亦雜，為人亦日漸魯鈍。託您之福，一家平安無事。

1 諾貝爾獎推薦文。請參照第二九二頁。

前日據聞尊夫人將出訪蘇聯，貴府一家向來積極進取，如今更令人感佩。您將前往美國，夫人則出訪蘇聯，果真以世界級規模「各奔東西」。引喻雖有失切，但由衷為您感到開心。

屆時請務必讓我為您送行。

請代我向尊夫人問安。

匆此

三島由紀夫

五月三十日

昭和三十七年四月七日
鎌倉市長谷二六四號寄東京都大田區馬込町東一之一三二三號

三島由紀夫先生

集英社版大作卷頭題字[1]俊秀大氣，也想請你替我題字。僅備紙箴，請照謄一式即可。對我而言，今日方才注重養生似乎為時已晚。此次病後，記憶力嚴重衰退，甚為駭人。腳心也猶有些許麻痺感。明年依舊預定前往京都賞春，想尋著藤原定家的足跡遊歷一番。

昨日在對外國播放的廣播節目中與Seidensticker[2]對談，他似乎將於夏天返美。

川端康成
四月七日

1《三島由紀夫集》封面引用《葉隱》的一段「據定家卿傳授，歌道之極致乃在於養生」(新日本文學全集33，昭和三十七年三月，集英社出版)。

2 Edward George Seidensticker，推廣日本文學的美籍日本學者，曾英譯許多日本文學。

昭和三十七年四月十七日
鎌倉市長谷二六四號寄東京都大田區馬込東一之一三三三號

三島由紀夫先生

無論令堂如何貶損，你的確寫得一筆好字。

待令堂終於認可你的字時，說不定我已不在人世，落到地獄去飽受惡鬼磨折，屆時也不需要養生了。

讀畢《瘋癲老人日記》，驚覺此傑作不正是「遺書」嗎（不敢與他人言）？我與中村光夫先生談過，認為連載終回略有畫蛇添足之憾。不過，谷崎先生似不願讓老人死去，據中村先生所言，谷崎先生似是不忍讓他面臨死亡。

諾貝爾獎推薦委員會的做法也真好笑。竟然是日本這邊不太關注的一群法國作家推薦日本，從巴黎捎來了信。日本人要得獎大概要等到你的時代吧。

聽聞府上有喜，欣喜於心。請尊夫人厚自珍愛。

川端康成

四月十七日

明日將再訪京都。

昭和三十七年五月四日
鎌倉市二六四寄東京都大田區馬込町東一之一三三三號

三島由紀夫先生

自京都歸來即獲墨寶與戲曲全集[1]，欣喜不已。之前於信中硬是向你邀字，獲你俊秀墨寶。得償所願，衷心感謝。若為時未晚，定落實養生之舉。《戲曲集》我亦是厚顏向新潮社索取，正靜待出版，你便特意送至，厚情盛意，心感何極。

尊夫人是否安產[2]？萬請珍重。

川端康成
五月四日

1《三島由紀夫戲曲全集》昭和三十七年三月，新潮社發行。

2 昭和三十七年五月二日，長男威一郎誕生。

昭和三十八年九月二十三日
輕井澤一一三〇五號寄東京都大田區馬込町東一之一三三三號

三島由紀夫先生

昨日午後收到由鎌倉轉寄的《午後的曳航》。昨晚徹夜未眠至今日終拜讀完畢，對你的才華見識更加欽佩，我實在仿效不來，僅能甘拜下風。前些日子又讀了一遍《林房雄論》。我與Seiden都認為有朝一日你將成為當代首屈一指的評論家。我在這裡與大岡昇平君見面的時候，他說相當有趣。我答說下次再一塊聚聚。

山中低溫近零度，一片冬日景色，我預計月底離開。於已無人煙的聚落信步遊走，雖為養生，然秋天邁入冬季的腳步迅急匆匆。

今秋原定的國外旅行，因阮囊羞澀尚無法成行，但我仍未死心，或仍有機會如往例至英國或義大利走訪一番。

川端康成

二十三日

昭和三十八年十月四日
東京都大田區馬込東一之一三三三號三島由紀夫寄鎌倉市長谷二六四號

川端康成先生

前略

今日意外收到您由輕井澤寄來的可愛童包，受您厚禮，感懷於心。小女拿到後立刻開心地邊喊邊跳：「幼稚園野餐的時候我要帶去！」連小孩都勞您費心，真過意不去。

感謝您前些時日親切來函叮嚀，於百忙中撥冗閱讀拙作，讓我誠惶誠恐、愧不敢當。

對於夏天的編輯會議[1]，晚生亦與大岡先生同感。我們雖以文人自居，但能如此暢談文學卻恍若隔世。再次感受到，與政治家或經商者的世界相比，我們的世界乾淨且開誠布公許多。總而

1 《日本文學》（中央公論出版）編輯會議。編輯委員尚有谷崎潤一郎、川端康成、伊藤整、高見順、大岡昇平、唐納德·基恩等人。

言之，是個相當有趣的經驗。

前陣子為了取材[2]下榻於琵琶湖旅館，經理請我登記入住時看到了您的名字，突湧孺慕思念之情。旅館的游泳池內，眾家美女穿著最新流行的泳衣，卻操著一口京都腔，讓人瞬間幻滅。畢竟，京都腔與泳衣一點都不搭調。

目前正為文學座編寫舞臺劇[3]，預計於一月上演。若您不介意蒞臨觀賞這齣變不出什麼新花樣的戲，文學座方面將派人招待，用不著晚生刻意多事。明年五月，晚生編劇，黛君[4]作曲的法式大歌劇《美濃子》將在日生上演，改編程度很大，屆時將親自邀約您蒞臨觀看。

為招募年輕的男女主角，招開了試鏡會。可惜外表出眾者歌喉欠佳，歌喉出色者卻外表欠佳，遲遲未能決定人選。深切體認到天不賜人兩長。

2 為了替《絹與明察》取材至彥根、近江八景等地旅行。

3《喜悅之琴》。

4 黛敏郎。

秋涼天冷，萬請珍重。

匆此

三島由紀夫
十月四日

昭和三十八年十月九日
大森局區內（大田區）馬込東一丁目一三三三號三島由紀夫寄鎌倉市長谷二六四號（明信片）

前略

今日收到您寄送的兩盒精美法式小蛋糕，蒙您餽贈，不勝感荷。如此精緻珍貴甜點，讓全家都欣喜不已。

正值秋涼時節，懇祈珍重自愛。請代我向尊夫人問安。

匆此

昭和三十八年十二月十五日
東京都大田區馬込東一丁目一三三三號三島由紀夫寄鎌倉市長谷二六四號

川端康成先生

今日獲贈精美佳禮，深摯感謝。義大利的皮革工藝設計、配色俱佳，以此妝點餐桌，於餐後品酒時欣賞，將使用餐化為一大樂事。

近日，晚生被捲進了濤然騷動之中[1]，近十日工作完全停擺，以致現在為了原稿焦頭爛額。我似乎也受到大岡先生影響，些微瑣事便與人爭論不休。

這陣子為了您於中央公論[2]的大作選集寫解說，再次細讀《千羽鶴》，湧現初讀時未有的全新印象。甚至覺得這難道是本諷

1 《喜悅之琴》因文學座內部反對而中止演出，使三島決意退出文學座。

2 《川端康成集》（日本之文學33，昭和三十九年三月，中央公論社發行）

刺茶道與日式風雅的小說？一新前趣，雅趣橫生。說起茶道，今日與千宗興先生會面時，他淨說些在國外教授茶道之事，遂放言：「與其光去那些和平安穩的國家，不如去南越那種戰亂四起的地方，何不在那些槍彈從耳邊呼嘯而過的地方傳授茶道？那才是茶道的真義呀。」

歲暮將至，謹祝新春愉快。一月二日將踵門向您祝賀新春。

三島由紀夫
十二月十五日

匆此

昭和三十九年九月二十五日
大森局區內（大田區）馬込東一丁目一三三三號三島由紀夫寄鎌倉市長谷二六四號

川端康成先生

前略

於您百忙之中叨擾，甚為惶恐，萬請見諒。若能撥冗蒞臨觀賞拙作《戀之帆影》，將感無上光榮，特此附上兩張票券。

匆此

三島由紀夫
九月二十五日

昭和三十九年十月十七日

東京都大田區馬込東一之一三三三號三島由紀夫寄鎌倉市長谷二六四號

川端康成先生

今日收到您贈送的美味甜栗點心，衷心感謝。不過分甜膩但滋味濃純，對原本就嗜栗子鮮奶油的我而言，真是份令人欣喜之禮。勞您費心，不勝感謝。深知其中亦包含您對我敗訴[1]的慰問之心，然敗訴之由，應歸咎於晚生自身品德缺陷。沒想到自己之於社會竟毫無公信可言，晚生亦感驚愕無語。

我以玩票心態承接了眾多報導工作，連日奔走於奧運會場[2]，陰鬱之心自然散去。對我而言，此時奧運是一場及時祭典。當初未反對舉辦真是太好了。

今夏開始對佛教產生興趣，閱讀書籍愈多，愈覺興味盎然。

1 九月二十八日，關於《宴後》官司，東京地檢署宣判三島敗訴，三島於當日提起上訴。

2 擔任東京奧運特約記者，於各報發表賽事相關新聞。

能像佛教這樣既能帶給知識分子哲思樂趣，又能為販夫走卒帶來恐懼與陶然的事物，應難再見。讓我不禁懷疑，小說（近代小說）能像佛教這樣成功地帶給讀者這種雙面作用嗎？我想師法佛教，寫出類似的作品。

上回的舞臺劇《戀之帆影》實在令人失望。浪費您的時間觀看這種作品，不勝慚愧，萬望海涵。

匆此

三島由紀夫
十月十七日

昭和三十九年十二月二十二日

東京都大田區馬込町東一之一三三三號三島由紀夫寄鎌倉市長谷二六四號

川端康成先生

前日百忙之中撥冗前來舍下，實在感激。如您所見，因正值聚會未能周全招待，誠為失禮，還望見諒。

又，當時不知已蒙餽贈馬約爾[1]作品，盡說些胡話。待您返家後，拆開禮物大為吃驚，竟獲如此貴重之禮，實不敢當。不知應裝飾於室內或室外，欣喜地四處擺放，方才決定。仔細端詳，喜不自禁。因庭院中已有阿波羅像，有女子雕塑與之分庭抗禮，定饒富趣味，可為生活大增愉悅。再次由衷致謝。

1 Aristide Maillol，法國雕塑家。

在此，祝您來年事隨心願。年初二必照往年踵門祝賀新年。

匆此

三島由紀夫

十二月二十日

昭和三十九年十二月二十五日
鎌倉市長谷二六四號寄東京都大田區馬込町東一之一三三三號

三島由紀夫先生

總是追著截稿期的惡習也延續到謝函的回覆。前夜蒙你盛情招待，本應先表謝意，未料先收到你的謝函，著實愧不敢當。我如練鋼筆字般閉關於福田家許久，至府上拜訪讓我得以一掃鬱悶，但似乎到訪的時間不太恰當。

匆至府上，多有失禮。請代我向尊夫人致歉。如當天所言，那座勒達[1]雕塑為日本仿製（因為雕塑，談不上是贋品，但未臻完美），因見府上掛有梅原先生以勒達為題的素描，才帶去給你，請在庭院隨意找個角落放置即可。開始書寫電視戲劇[2]後，方覺自身才能的淺薄，突覺悵然若失，姑且視為重新學習的契機。關

1 斯巴達王后，庭達瑞俄斯之妻。

2 昭和四十年四月起於NHK播放的電視連續劇《玉響》。

於爾後行程，預計正月初三出門遊憩。初二欣待大駕。攜伴前來亦可。

姍姍致謝，抱歉良深，萬望海涵。

謹啟

川端康成

十二月二十五日

得見令嬡令郎，欣喜於心。

昭和四十年二月二日

東京都大田區馬込東一之一三三三號三島由紀夫寄鎌倉市長谷二六四號

川端康成先生

前略

新年踵府拜訪之際蒙您盛情款待，不勝感激。

去年獲贈的馬約爾勒達像，已覓及適合的大理石柱，如照片所示裝飾於壁爐旁，滿室生趣。

關於勒達像的近況報告大致如上。

舍下將於二月十日進行改建工程，一家只能遷居他處數月，周遭喧囂吵嚷，苦不堪言。

暫時充當工作室的新日本大飯店九〇九號房為晚生的聯絡處。

改建完成後，請務必賞光蒞臨。頂樓房間於夏日別有一番情趣。

萬請珍重。

匆此

三島由紀夫

二月二日

昭和四十年三月一日
鎌倉市長谷二六四號寄東京都大田區馬込町東一之一三三三號

三島由紀夫先生

蒙贈大作《音樂》，傾感不勝。一口氣讀完，其趣倍增，以《音樂》為書名亦相當出色。拙作《美麗與哀愁》裝訂新成，專此寄送。電影由篠田導演，由加賀真梨子演出，讓我不禁訝異自己筆下的女子當為如此嗎？

如可得空，盼能撥冗觀賞。

川端康成
三月一日

昭和四十年三月九日
東京都千代田區永田町新日本飯店內三島由紀夫
寄鎌倉市長谷二六四號

川端康成先生

您的來信與大作《美麗與哀愁》皆已收迄，銘感無既。新裝果然出眾，插畫與內文的印刷效果亦相當好看。深切感受到中央公論社對此書的珍愛之心。明日即將出遊，近日早晚皆忙於準備，聽聞加賀真梨子的演出頗獲好評，可惜來不及在行前前往觀賞。這陣子為準備在《新潮》連載的長篇作品[1]，遍訪京都眾寺，深感嚴冬之寒。一想到將前往更為嚴寒的倫敦，只得愁緒憂煩。返國之後，盼有幸得聚一堂。倫敦之行，望獲得一些有趣的見聞妙談。

1 為於昭和四十年九月起在《新潮》連載的《春雪》(「豐饒之海」第一卷)前往取材。

匆此

三島由紀夫
三月九日

昭和四十一年七月二十九日
鎌倉市長谷二六四號寄東京都大田區南馬込四之三二號

三島由紀夫先生

蒙贈中元佳禮，特此致謝。家人也囑我向你致謝。文春[1]出版的橋川文三氏的解說文，實為縝密。拜讀《三島由紀夫》時，不時翻閱《假面的告白》，大致讀完全書，不禁思索起此書出版後你於工作上所遭遇的景況。

前日參加芥川獎[2]後，於返家電車上與中村光夫先生討論閱讀三島先生小說的幾種讀法，深感欽佩。自《反貞女大學》後獲贈的大作皆已拜讀完畢。本應一一向你致謝，然受怠惰拖延惡習之累，還望見諒。

今年暑氣不如往年炙盛，山居避暑亦覺麻煩。

1 橋川文三於《三島由紀夫》（現代日本文學館42，昭和四十一年八月，文藝春秋出版）中執筆三島由紀夫傳並撰文解說。

2 昭和四十一年，三島成為芥川獎的選考委員（川端由第一屆起便榮膺此職）。

請代我向雙親與尊夫人問安。

如能常與你會晤、暢談，則甚幸之。

川端康成

七月二十九日

昭和四十一年八月十五日
東京都大田區南馬込四之三二之八三號三島由紀夫寄鎌倉市長谷二六四號

川端康成先生

拜啟

喜獲來札，衷心感謝。

前些日子前往下田，昨日返京。為了取材，二十日又要前往關西[1]與九州。性喜暑氣，欣然前往。

芥川獎結束後本想向您當面就教，因雜事煩身無法成行，還望海涵。芥川獎的公正性，令晚生深感驚訝。其他的文學獎不會如此精密審查，傾向依主觀好惡評斷，實在不對。

近日所讀之書為野坂昭如的《色情大師》[2]，風格近似武田

1 為替《奔馬》（「豐饒之海」第二卷）取材而至奈良、京都、廣島、熊本等地旅行。

2 英譯書名為 *The pornographers*，改編電影為《人類學入門》。野坂昭如也是宮崎駿動畫《螢火蟲之墓》的原著作者。

麟太郎的無賴派文學，甚為有趣。近來一般的文學作品多走紳士風或家庭風，讀來有苦悶之感。以假道學的紳士為題的小說，我已興趣闕如。

文學評論中花招百出、故弄玄虛者眾，顯現文壇衰敗徵兆，為何近來不見具有大破大立實力的新人作家呢？宇野鴻一郎[3]算得上其中較為有趣之人。此人有谷崎潤一郎早期的惡童作風。

新潮的《春雪》至年終將連載完第一卷，執筆寫第二卷之前，我打算稍事休息，但對出國旅遊已感煩膩。

最近舍下頻有狂人來訪，甚至有人一早便破窗而入。在這個精神病患者突增的時代，文學之狂都快被瘋子給超越了。我也不可認輸，必須更加瘋狂一些才行。

十一月時，在日生劇場將上演以孩童為觀演對象的魔術雜耍戲劇《一千零一夜》，雖頗傻氣，不知能否請您蒞臨觀賞？

3 宇能鴻一郎。昭和三十六年，以《鯨神》一書獲得芥川獎。

暑氣尚殘，千祈珍重。

三島由紀夫
八月十五日

昭和四十一年九月三十日
大田區南馬込四丁目三二之八號三島由紀夫寄鎌倉市長谷二六四號

川端康成先生

前略

前日一再於電話中提及的《一千零一夜》，其門票已隨信寄上。雖距上演時間尚早，仍望屆時您能大駕光臨。另，因劇中休息時間甚短，盼能與您於觀劇結束後共進晚餐，若您能撥冗與晚生暢談至深夜，必感萬分榮幸。當然，在十一月之前，想必仍有機會與您相見。秋涼時節，萬請珍衛。

匆此

三島由紀夫
九月三十日

昭和四十一年十月十日

鎌倉市長谷二六四號寄東京都大田區南馬込四之三二號

三島由紀夫先生

已收到你的大作《聖賽巴斯提安之殉教》[1]。這想必也是你的用心之作。你在後記所表述的心情，我在拜讀雜誌連載時已略窺一二。加入名畫集後，這本書便也能作為美術作品出版，確實不錯。之前可能也向你提過，七、八年前與三年前，我曾兩度前往聖賽巴斯提亞諾教堂參觀，而後前往歌劇院觀賞芭蕾舞伶的演出。故拜讀大作時尤有殊趣。在巴黎時，我沒做任何功課便去觀賞演出，歌劇對白一句話也聽不懂，卻至今印象猶存。那齣歌劇最後上演的純白芭蕾舞太過悲悽，讓我此後便嫌惡起歌劇中的芭蕾。

1《聖賽巴斯提安之殉教》（加布里埃爾・鄧南遮 Gabriele D'Annunzio 著，池田弘太郎、三島由紀夫合譯。由三島負責名畫集編輯。）昭和四十一年九月，美術出版社發行。

或許你已聽聞，我與內藤濯氏（對於日文與譯文意見頗多之人）今夏一同謁見美智子妃時，他於席間提及你的譯筆，並大表欽佩。若你能贈予他一套你的作品，他當會十分開心。

前日蒙獲贈《一千零一夜》門票，特此感謝。

此時正在拜讀《中公》[2]上你與野坂氏的對談。

川端康成

十月十日

2 與野坂昭如的對談〈色情與國家權力〉（《中央公論》昭和四十一年十一月號）

昭和四十一年十一月五日

鎌倉市長谷二六四號寄東京都大田區南馬込四之三二號

三島由紀夫先生

蒙贈你與林君[1]的對談集，昨夜便開始展讀，不忍釋卷，直至天明，讀罷方休。

你的言論頗令我驚訝，亦讓我一開眼界。想必當你關於佛教的大作出版時，定能帶來極大的閱讀樂趣。我也認為定家不管是在新古今時代[2]，還是在承久之亂[3]時代，皆是可稱為古典之神的一號人物，再加上明惠上人，長此以來我一直希冀能以他們為題進行創作，唯得償宿願之日恐遙遙無期。目前正逐字玩味《聖賽巴斯提安》一書，令我不禁思索：日本的賽巴斯提安為哪個時代的何許人呢？

1 與林房雄的對談集《對話・論日本人》，昭和四十一年十月番町書房發行。

2 約莫是日本平安時代文學至鎌倉時代文學的過渡時期。

3 日本鎌倉時代承久三年（西元一二二一年），後鳥羽上皇為打倒鎌倉幕府，舉兵討幕，失敗遭到鎮壓。

匆此致謝。

川端康成

十一月五日

昭和四十二年二月十三日
東京都大田區南馬込四之三二之八三號三島由紀夫寄鎌倉市長谷二六四號（限時信）

川端康成先生

前略

許久不見，芥川獎時本想與您敘舊，無奈錯失機會，甚為遺憾。似乎一提及文學獎晚生便喋喋不休，連自己都覺應穩重沉著些。本週末因大雪留至家中，打雪戰、堆雪人，忙得不亦樂乎。孩子全都選擇與母親同一陣營，讓我頓覺鬱悶。

言歸正傳，今日來函實有事相求，且相求之事乃為請您惠賜珍稿。如令您感到不快，以下內容請忽略不讀。

數年前，晚生與村松剛、佐伯彰一、遠藤周作、西義之等同輩友人一同創辦了一本名為《批評》的同人雜誌。今次，在廣告文中，負責的南北社相當唐突地、不知為何決定以新的樣貌、形式來出版續刊，編輯部也順應此機會，盼能製作出更精良的雜誌。為償此願，希望川端先生能惠賜珍稿[1]。全體同仁皆向我施壓，讓我向您提出此不情之請。

即使只有一頁稿件亦足夠（當然，若能多於一頁則百般榮幸），題材請隨尊意，同仁必當歡喜接受。請於隨函之明信片回覆意願，南北社編輯會即刻帶雜誌登門拜訪，懇請惠賜稿件。

此般不情之請，還望海涵。時值嚴寒，萬祈珍衛。

三島由紀夫

二月十三日

1 昭和四十二年四月，川端的〈旅信抄〉於《批評》第七號發表。

昭和四十二年二月十六日
鎌倉市長谷二六四號寄東京都大田區南馬込四之三二號

三島由紀夫先生

今日同樣是在晚上九點半起床，對我而言，那時才是早晨。持續此般晝夜顛倒的極端日子，腦袋處於痴愚狀態已久，雖要寫什麼我尚無頭緒，但既受囑咐，必當盡力而為，特此回覆。然，所完成的文章恐怕文筆不精，可以確定的是，必定難逃痴愚之作，還請海涵。

於《文藝》拜讀大作[1]，瞠目大驚。實為精采傑作，再三稱許恐多所失禮，然讀畢確實感嘆良久，驚為天人。即使如我這種對二二六事件未曾細思過的人，亦覺感動綿延，心緒高漲。你寫給森茉莉的信同樣無與倫比[2]。

1 〈《道義式革命》之邏輯——關於磯部一等主計之遺稿〉（《文藝》昭和四十二年三月號）
2 〈你的樂園、你的銀湯匙——致森茉莉女士〉（《婦人公論》昭和四十二年三月號）

近日需面會Straus氏，尚未想到該如何款待他，有些頭疼。《古都》已出版德文譯本，《睡美人》亦出版荷蘭文譯本，在歐語譯本推出上，最近似乎是我領先一步。

（我想必又要等到正午才能入睡了。）

川端康成

二月十六日早晨六時

昭和四十二年二月二十日

大田區南馬込四丁目三二之八號三島由紀夫寄鎌倉市長谷二六四號

川端康成先生

冒昧懇求之事獲您迅速覆答，感謝之至。《批評》的同仁亦喜出望外。番町書房已提出要求，還請多所關照。

《文藝》的拙作蒙您美言贊許，喜不自禁，忍不住向家人炫耀「川端先生稱讚我了呢」，為了讓《文藝》的杉山君同感喜悅，還立刻致電予他。他本打算將信的內容記下，被我嚴正禁止，因此我匆匆將信函誦念一遍，與對方分享喜悅，便掛上電話。逢您惠賜信札，晚生總如此招搖自驕，您或該稍稍考量晚生人格，謹慎往來為上。

前日與許久不見的萱原君會晤懇談，見我依舊口沫橫飛、好辯喜論，菅原君說，晚生與昭和二十五、六年時相比，絲毫未見長進。

暫此擱筆，改日再敘。

匆此

三島由紀夫

二月二十日

昭和四十二年三月二十一日
鎌倉市長谷二六四號寄東京都大田區南馬込四之三二之八號

三島由紀夫先生

《來自荒野》已收悉，深切感謝。「雖未有病痛，卻無法入睡。終夜輾轉，淒清無極。」今日亦是由晨間九時睡至下午四時。

徹夜未眠，僅能以閱讀為救贖。《來自荒野》已通本讀畢，大抵還會重讀，其中第二、第三章令人讚嘆不已，耳目一新。

對《討厭、討厭，感覺真好》[1]的感想，亦想全般借用河出的解說文[2]，未有我可置喙之處。

川端康成

三月二十一日凌晨三時二十分

1《討厭、討厭，感覺真好》（《高見順文學全集》第四卷月報1，昭和三十九年十月，講談社刊）

2《高見順集》解說（日本文學全集23，昭和四十二年八月，河出書房出版）

四人聲明[3]似乎引來奇怪回響呢。

3 二月二十八日，川端、三島、石川淳、安部公房四人針對中國文化大革命發出抗議訴求。

昭和四十二年七月十五日
鎌倉市長谷二一六四號寄東京都大田區南馬込四之三二之八號

三島由紀夫先生

自紀伊旅遊歸來後，收到惠贈之中元節香水贈禮，感懷於心。總是勞你費心，厚情盛意，不勝感激。在潮岬等地時，車子行駛於已成河川的道路，當時對水患的事情尚未知悉。《新潮》的菅原君轉任週刊，令我震驚沮喪不已。近來文思盡失，但這樣下去也不是辦法，有些不知所措。本週連日上京辦事，稍感疲憊。昨日看了《亂世佳人》（帝劇）。奈良、紀伊、京都之旅美不勝收，不禁覺得關西生活或許比較宜人。

川端康成

七月十五日

昭和四十二年十二月二十日
大田區南馬込四丁目三二之八號三島由紀夫寄鎌倉市長谷二六四號

川端康成先生

前略

前次蒙贈高級襯衫，且為觸感細緻的逸品，感荷高請，定會珍惜。本日又蒙贈奈良漬，盛情厚意，銘感於心。

久未向您請安，然自印度歸國後[1]工作與雜事堆積如山，無法抽身。

白駒過隙，歲暮匆至。長篇小說的盡頭似日暮西山、遠不可及，尚有一千兩百頁待寫，至今僅完成三百餘頁，連一半都不及。我真是給自己起了個大麻煩。此間雖沉穩工作即可，無奈生性躁進，遭逢的社會責難愈發嚴重。不過，近日有機會搭乘F104超

1 九月二十六日至十月二十三日，三島至印度、泰國、寮國等地旅行，為作品取材。

音速戰鬥機[2]，著實痛快，已將這個經驗寫在《文藝》三月號[3]。

日本與日本人裡令人厭惡之事甚多，尤以知識分子的動向最為人嫌惡，文壇中也出了不少睜眼瞎子。

來年究竟會是怎樣的一年呢？

擔心會打擾您，今年便不到府上拜年，爾後待您得閒，如能惠賜求教晤顏之機則幸甚。

匆此

三島由紀夫

十二月二十日

2 十二月五日，於航空自衛隊百里基地試乘戰鬥機。

3〈F104〉(《文藝》昭和四十三年二月號)，之後收錄在《太陽與鐵》末章。

昭和四十三年六月二十五日
京都、都飯店寄東京大田區南馬込四之三二之八號

三島由紀夫先生

於皇宮[1]拜讀了典藏本，並拜讀了大作名文。該將大作歸類為評價宗達[2]的名文嗎？今日與今東光[3]的夫人同赴裏千家[4]拜訪，並與淡交社的社長會晤。

昨日與東光一同叫車前往京都市、滋賀縣遊歷[5]。如你所聞，請辭藝術院部長一職後，前些日子東光於辻留宣布請我擔任他競選事務的事務長或負責人，此事對我甚為新鮮。

日出海君已任廳長官[6]。你與中村君[7]的對談甚為有趣，等不及細讀，我便急著匆促讀完。勳章[8]想必是河上徹太郎君的好意。然並不同中村君所言，並非我橫渡世間，而是世間橫渡吾身，

1《宮廷之庭I》序文（昭和四十三年三月，淡交新社出版）。
2 俵屋宗達，江戶時代的日本藝術家，為宗達光琳派創始人。
3 一八九八—一九七七，天台宗僧侶、小說家、參議院議員。
4 日本茶道流派之一。
5 川端擔任今東光參議院選舉的選舉事務長。
6 今日出海擔任文化廳長官。
7 三島與中村光夫的對談集《對談．人間與文學》（昭和四十三年四月講談社出版）
8 昭和三十六年十一月，川端獲頒第二十一屆文化勳章。

你覺得呢？無論何者，皆非我樂見。前輩杉山氏的〈鳩之舞〉著實優美漂亮。

匆此

川端康成

六月二十五日夜　京都　都飯店

昭和四十三年十月十六日
鎌倉市長谷二六四號寄東京都大田區南馬込四之三二之八號

三島由紀夫先生

前日拜讀大作《春雪》[1]與《奔馬》，深受感動，備感幸福。新潮社囑我寫一則一百五十字[2]的廣告推薦文，真是亂來。對這般傑作著實失禮，尚祈見諒。

出得此作，可謂我等時代之幸，甚感驕傲。

僅以此函聊表我心喜悅。匆此

川端康成
十月十六日

1 原文寫為《春之海》，此處應指三島死前所寫的「豐饒之海」第一部《春雪》與第二部《奔馬》，故仍譯為《春雪》。
2 「豐饒之海」推薦文。

昭和四十四年八月四日

下田東急飯店內三島由紀夫寄鎌倉市長谷二六四號

川端康成先生

炎暑日蒸，僅此問安。

於東京時總是棲棲遑遑，若在此狀態拜讀《我在美麗的日本》、《美的存在與發現》兩部大作，恐有冒瀆，遂攜自下田，於海風吹拂中細讀玩味。

《我在美麗的日本》可謂以精闢的自我認知來解說何謂川端文學核心的大作，世人對川端先生的評論，在此書之前都將失色。川端先生的隨想文章中，雖是陳述自身的徒勞與虛無，但亦讓讀者也感受到徒勞與虛無，具有這種魔力。為了讓西洋人也能輕易理解，您大作中的「虛無」是明亮生命中虛無的本質，讓我憶起了當時閱讀《義大利之歌》的感受，並立即與《美的存在與發現》最初幾頁針對杯子閃閃發光之美的陳述產生連結。

事實上，於《我在美麗的日本》中，首次將日本文學中從未有人關注的流水，以清澈細流的姿態，做出明確、簡潔、抽絲剝繭般的描述，誠為一部無與倫比的文選。書中再再引用不學如我於閱讀此書前未曾得知的眾多巧趣引文，其中讀後迴盪於心、久久不忘者，乃為《伊勢物語》的〈三尺六寸之藤蘿花〉。此錦簇盛開的花串宛如由書中蔓生而出，帶出佛教世界，緊密地覆蓋此世，絢爛地占領人間，僅留寂靜一片。

《美的存在與發現》開篇描述杯子的精采數頁，讓欲拜讀《源氏物語》而來的讀者，體驗到前所未有的新鮮感受，陶然欲醉。另我憶起普魯斯特對廚房一景一物的描寫，無論是在光線照射下宛如貼上天鵝絨的刀子，或幾與空中的虹彩顏色融為一體的蘆筍尖端，絲絲入扣、鉅細靡遺。同時也想起寫《雪國》的川端先生那種新感覺派對青春尖銳冷豔的描寫，與對陳述光學美感的執著。爾後，又讓我聯想到了您的大作《水晶幻想》。

在極盡溫婉的描寫中，倏然丟出文學與時代間無法逃避的驚悚宿命或如虛子[1]的〈棒〉[2]一般，實事求是、毛骨悚然的文字，令人驚心膽顫。

再者，前先時日，您表示願為帝劇寫些新戲，盛情厚意讓晚生感懷不已，雖口拙不足以言語致謝，定銘記於心。事實上，由於受到劇場內部事務牽扯，且長此以來帝劇的經營未見起色，今春人事出現變革。菊田一夫氏擔起責任由第一線戲劇負責人退下，改由雨宮董事（前攝影部門負責人）擔任戲劇負責人。由於《癩王泰拉斯》是晚生向菊田推薦的企畫，因此不幸落入這青黃不接的轉換期。東寶那批人的官僚作風令人啞口無言，他們擔心

1 此指高濱虛子，明治與昭和時代的俳人、小說家。
2 此處應指俳句「去年今年 貫く棒の如きもの」大意為「年復一年 如棒貫穿 韶光不待」。

要是不小心捧紅菊田的企畫，會得罪雨宮。因此自秋天起，便全力投注在雨宮提出的第一個企畫《四谷怪譚》（竟找三木則平飾演伊右衛門，京塚昌子飾演阿岩！），甚至還詆毀菊田的企畫吸引不了客人上門，以求明哲保身。因此，《癩王泰拉斯》很快就成了犧牲品，還到處散布「由於題材不健康，吸引不了團體觀眾」的評價，在宣傳上完全不積極，草草了事。

於此狀態下，雖蒙您盛情，但東寶不但對此事無絲毫感恩之心，恐還會為您帶來困擾。由於對東寶的做法相當憤怒，就連最後一場演出，晚生亦未露臉。對演員著實過意不去……

我將於下田停留至十六日，十七日將重返自衛隊，二十三日前皆在自衛隊中，預定參加新學員一個月新訓後的成果發表會。這四年雖屢遭嘲諷訕笑，但晚生仍專心一意、循序漸進地為一九七〇年做準備。不喜被人想得太悲壯，就算被人當作是漫畫題材也無所謂。對晚生而言，如這般投入腦力、體力與財力實際參與某項運動，實為頭一遭。一九七〇年，說不定只是個無聊的虛妄幻想。然，就算僅有百萬分之一的可能，我也想賭一賭。十一月三日的遊行，請您務必共襄盛舉[3]。

繼續胡言下去恐怕要讓您笑話了，但晚生真正恐懼的並非死亡，而是死後家族的名譽。晚生如有萬一，世人想必會即起攻訐，挑出晚生的短處，讓晚生名譽掃地。如果是自己在世時受到譏諷，晚生尚能一笑置之，但我死後，若家中孺子因此遭到嗤笑，則實無可忍。能替晚生守護家人者，僅有川端先生一人，故此，請恕我此刻便將他們託付給您。

然而，世事常徒勞以終，血汗之努力盡化浮沫，使一切埋藏於困煩倦怠之中。依常理判斷，出現此結局的可能性要大上許多

3 於國立劇場屋頂平臺舉行「楯之會」成立一週年的遊行。

（約莫百分之九十吧！），但晚生如何都不願面對此事。因此，世人雖可能視我為任性、無可救藥逃避現實之人，但戴著現實主義者眼鏡的癡肥臉龐，正是我這輩子在世上最討厭的面容。

謹此。期盼秋天時能有機會與您相聚。

三島由紀夫
八月四日

匆此

昭和四十五年六月十三日
鎌倉市長谷川二六四號寄東京都大田區南馬込四之三二之八號

三島由紀夫先生

近日瑣事繁多，回覆如有怠慢望請見諒。〈太陽與鐵〉發表當時旋即拜讀，留下的深刻印象與衝擊久留於心，遲遲不散。想必會成為你相當重要的一篇作品。

你與《國文學》刊載的〈三島由紀夫的一切〉[1]作者三好行雄先生的對談，我閱讀起來相當淺顯易懂。我明天將出發前往臺灣，月底則會到韓國出席筆會。兩者都是基於人情無法推辭的活動。

上月初我在京都臥床一週，無論中醫西醫都說，我這外強中乾的身體能挺到現在實屬難得，衰老這件事果真輕忽不得。眾人

1 〈三島由紀夫的一切〉（《國文學：註釋與教材研究》增刊，昭和四十五年五月出版）。

皆說我看來硬朗，應該只是氣血不足。即使是肺浸潤等疾病，只要能學習你鍛鍊自己的意志，應沒有無法可治之病吧。

匆此

川端康成

六月十三日

你對石原君所言之事沒有錯[2]，想必你心裡頗難受吧。

2〈關於武士道——致石原慎太郎的公開信〉（刊載於昭和四十五年六月十一日《每日新聞》）。

昭和四十五年七月六日
東京都大田區南馬込四之三二之八號三島由紀夫寄鎌倉市長谷二六四號

川端康成先生

喜獲來札，銘謝於心。您前往韓國、臺灣之旅想必行程緊湊，勞心費力。晚生也受收到韓國方的邀約，無法陪同您前去，甚為遺憾。去年歲暮前往韓國是與伊凡·莫里斯（Ivan Morris）一同旅行，旅程有趣，食物亦相當美味。唯當地人的熱情讓人有些吃不消。

最近，拙作[1]終將邁入最終章，幾番思索煩不勝煩，終決定結局走向，最近應可定稿，思索是否該先把結局寫好。

生活幾近一成不變，只一味地勞動身軀、四處奔走，耗費在肉體上的時間與精力竟如此龐大，連自己皆感驚愕。

您信中提及的健康問題依舊使我掛心，但您不易增胖的體質

1 《天人五衰》（「豐饒之海」第四卷，自昭和四十五年七月於《新潮》連載。）

是最理想的。吾等始終堅信，「最強健之人乃川端先生」。

前些日子，您回應《紐約時報》東京分社社長的提問[2]，對晚生多有溢美之辭，感懷於心並愧不敢當。該篇報導將於最近刊出。

習練空手道三年有餘，終於獲得黑帶，武術合計已達九段，但身手更加俐落之後反倒沒有對手上門，總覺有些落寞、無趣。

雖覺時間宛如葡萄酒般滴滴珍貴，然對空間中存在之事物卻興趣缺缺。今夏又將舉家前往下田。希望能有個美好的夏天。

萬祈珍重。

匆此

三島由紀夫
七月六日

2 八月，《紐約時報》刊載關於三島由紀夫的專題報導。

令人敬畏的謀畫家・三島由紀夫

——解讀靈魂的對話

佐伯彰一・川端香男里　對談

＊川端香男里是川端康成的入贅女婿，由山本改姓川端。

往復書簡之系譜

佐伯——這次有幸得以閱讀往復書簡全文，真是太開心了。竟能保存得如此完整，實在很出人意料。

川端——事實上，我在編輯新潮社的川端康成全集時，便看過往復書簡全文了。三島先生寄到川端家的書信，後來全都歸還給三島家。所以，很遺憾的，在《川端康成全集》中僅刊載了川端先生的書信，沒有收錄全部信件。所幸在取得三島遺孀的同意後，我亦收進幾封三島先生的信。我的打算是，希望勾起讀者對三島先生書信內容的興趣，再由他們向三島家傳達希望公開其他信件的意願。

佐伯——原來您默默如此盤算著。

川端——據我至今的經驗，書簡類的資料如果放著不管，日後很容易散佚。

佐伯——三島先生似乎很喜歡寫信。勤於動筆且重情重義。天賦的文筆中洋溢著三島風格的充沛活力，我在編輯新潮社全集時便一直想收進他的信，在編輯會議上也提出了這樣的想法。不過，一旦要集結成書，他的各類信件都可能浮出檯面，甚至包括他去世不久前的書信。因此我與三島的遺孀瑤子女士討論此事時，她斷然拒絕：「不行，絕對不行。」我只好放棄三島書簡全集一事，將這個願望寄予後日。

川端——正因為這層考量，川端康成全集才沒有將他們的書信納入其中。這次這些書信能夠公諸於世，可說是奇蹟了。

佐伯——您也知道的，作家之間往來的書簡集出版，在歐洲已是司空見慣，最有名的首推德國作家歌德與席勒。十年間，他們往來了近千封書信，後來集結成書。現代作家的例子，最受關注的則有流亡作家納伯科夫與美國評論家艾德蒙・威爾森（Edmund Wilson）之間的書信。一九四〇年，納伯科夫初到美國，人生地不熟的他受到艾德蒙不少關照。艾德蒙幫他介紹出版社，彼此往來熱絡，雙方都幾乎全數保留了對方的信件。我也讀過這本書簡集，由信簡中可充分感受到兩人交情之深。從生活瑣事到文學討論，兩人坦誠相待。不過，納伯科夫晚年投注了相當心力翻譯普希金的《尤金・奧涅金》，此書卻遭到艾德蒙的強烈批評，導致長年的友情灰飛湮滅。艾德蒙死後，納伯科夫寫了封和解信給艾德蒙的兒子，此信也收錄在書簡全集最後，大幅提升了兩人友誼的戲劇性。

在日本，夏目漱石寫過許多語氣真切的書信，他的許多學生也熱情地寫信給漱石。雙方的信倘若能一併整理成冊，或許可以增加漱石書簡集的可看性。但不知為何，日本鮮少採用這種做法，著實可惜。

川端——日本中世時代倒是留下不少耐人尋味的往復書簡。但自芭蕉[1]以後，反倒乏善可陳。

佐伯——芭蕉許多書信都被保留下來，受到妥善收藏，賴山陽的書信也留存不少。以國外的習慣，通信的雙方多半都會將對方的書信保留下來。

川端——有的是本人以抄寫的方式留底，也有不少人是直接請人謄寫。

佐伯——像伏爾泰，因為要寫的信多，幾乎都是口述後由祕書謄寫，通常都會留一份抄本。

川端——在那個時代，連定期刊物都會請寫字員抄寫數份。印量不足以出版的時候，會依照預購份數來製作抄本。

佐伯——原來如此。那俄羅斯作家的狀況又是如何？

1 松尾芭蕉。

川端——俄羅斯很少會像西歐國家那樣以「往復書簡集」的形式大規模出版，書信一般是收錄在個人的作品集中，但收集得相當完整，有時篇幅甚至比作品本身還多。但即使在西歐，真正能出版往復書簡集的，也局限在少數高知識分子。畢竟只有那些人的唇槍舌戰才具有可讀性。

佐伯——這也反應出西方人的社交性格吧。

川端——與國外作家相比，日本作家對書信的保存非常草率，例如小林秀雄，收到的信件幾乎都被他丟棄了，在他們的想法中，保存一、兩封有意思、具紀念價值的信件也就足夠。依這點看來，如川端與三島這般妥善保存信件的作家，反倒不常見。

早早浮現交會的三島&川端宇宙

佐伯——最初的書信是川端收到《繁花盛開的森林》而回覆三島的謝函。上頭的日期是昭和二十年三月八日，這點很有意思。因為三月十日正是東京大轟炸的日子。[2]我當時在海軍，被調到神戶的海軍經理學校教英文。我以要回家拿字典為藉口請假，回到家的那個早上恰好是三月十日，目睹了遭轟炸後的東京。

三島回信給川端是在三月十六日，期間發生了東京大轟炸。在川端的第一封信中，他提到自己對室町幕府第九代將軍足利義尚很感興趣。義尚的母親日野富子是個戲劇性人物，她在應仁之亂時讓年幼的義尚坐上了幕府將軍的大位，無獨有偶，三島與川端都注意到了這號人物。川端與當時僅二十歲

2 二次世界大戰期間美國陸軍航空兵團對東京一系列的大規模轟炸，其中三月十日與五月二十五日戰況格外慘烈。

的三島在對事物的興趣上，早在相識之前便迸出交會的火花。這封信很有川端的風格，他說看到了宗達、光琳、乾山等人的作品，「得見眾多如夢似幻之寶，我竟連近日天氣之變化也恍若未見。」諷刺的是，不久便發生了東京大轟炸。讓人不禁感慨的同時，倒也有些不可言喻的趣味。在經過十日的大空襲，三島在回信中提到：「都城幾乎已成修羅戰場」。雖然信件內容只是川端對贈書的謝函，以及後生晚輩的回信，但時事的提及讓兩人的互動變得格外真實。

川端——三島回信中提及「日前託野田氏貿然送出拙作」，這位野田正是《文藝》的編輯、詩人野田宇太郎。一年多前，三島就一直拜託野田幫他引薦川端先生。野田也向川端表達想介紹三島給他認識的意願，得到川端同意後，野田才將川端的名片交給三島。三島的書經由野田交給島木健作，再轉至川端手中。光看信的內容，或許會覺得唐突，其實中間發生過這些轉折。

佐伯——原來如此。

川端——看過川端康成與三島最早的信件，才發現川端對待新人的態度始終如一。昭和十年以前，他寫過許多支持新作家的評論。後來他有段時間沒寫藝文評論，我猜想，理由可能是他沒看到值得期待的新人吧。或許也因為如此，他轉向參與婦女雜誌的評選並推動寫作運動。想必是三島的作品令他頗為欣賞吧。川端早就注意到三島，他寫給三島的第一封信裡也提到自己看過《繁花盛開的森林》。從前便時常閱讀並關注年輕作家作品的川端，此時又恢復舊習。

佐伯——這點真的很不可思議。川端作品中傳達出的印象，讓人以為他對別人作品不感興趣。事實上，他在戰前寫了很長一段時間的藝文評論。他尤其留意新人或沒沒無聞的女性作家，對於這些作品，他有自己獨特的雷達。早在三島寂寂無名時，川端的搜尋雷達就找到他了。

川端——他一直很喜歡閱讀尚未出名的年輕人作品。我有位朋友立志成為小說家，聽我說對方寫的東西有趣，他立刻說：「那拿來給我看看吧。」

佐伯——昭和二十年七月十八日的信中，三島興奮地詳述自己的生活環境，坦率陳述自己對文學的野心，字裡行間充滿文學青年氣息。

川端——能寫出這樣的一封信，代表他在精神上是相當單純天真的一個人。與之後三島給人的印象截然不同。

佐伯——沒錯。他可說是赤裸裸地向對方揭示自己不知能否達成的願望與野心。在那個時候，川端與三島應該還沒見過面吧？

川端——還沒。三島那時因為戰時學生動員在外地工作。

佐伯——當時已近戰敗，但沒人清楚戰況會如何演變，所以三島才在信上提到「據聞鎌倉將臨空襲之危」。下一封則是昭和二十一年一月十四日的新年祝賀信。這封信也非常有三島的風格，他提到自己因無書可讀而困擾，重讀了小泉八雲和保羅・穆杭的書。他面對川端也毫不緊張，總是自在寫下洋洋灑灑的想法。

川端——前一年的昭和二十年十二月，川端與久米政雄、高見順等人所創立的鎌倉文庫（出版社）創辦了《人間》雜誌，引起相當大的回響。三島似乎也頗受激發，為了自己的作品可以刊載在雜誌上而動作頻頻。在一月十四日與二月十九日的信中都顯露了這個意願。

佐伯——能透過信件看出這些端倪，更覺有趣。

川端——當時鎌倉文庫的辦公室在白木屋，三島在信上提及他拜訪白木屋的事，可見他做事相當積極。

佐伯——他非常希望能在文壇嶄露頭角。

川端——是。幸運的是，《人間》的總編輯木村德三相當偏愛他，實際上的各種運作，也多虧了木村出力襄助。

佐伯——原來如此。

川端——把兩人的往復書簡拿來和木村與三島間的通信對照閱讀，更是有趣。

佐伯——木村在自己的回憶錄中詳載了他對三島的忠告與勉勵。

川端——你說的是TBS出版社發行的木村德三的《文藝編輯的跫音》一書吧。約莫兩年前，這本書又以《文藝編輯的戰前戰後》（大空社）為名再版了。書中引用的三島信函中，出現比較佐藤春夫、川端康成的文章。三島起初似乎是想追隨佐藤，對佐藤多所請益。但佐藤門下弟子眾多，他沒有看出三島的潛力，所以三島才轉而求教川端。

佐伯——由十九歲邁入二十歲的三島，腦中盤旋著各式各樣的文學構思。同時，他文學青年的性急個性，讓他對文壇洋溢著蓬勃的野心。那時的他其實根本沒讀過幾本川端的作品吧。

川端——好像是（笑）。

佐伯——川端的作品讀得愈多，他愈發受到感動，開始在信中提及許多新鮮的想法。戰後重新刊行的川端作品解說，很多都是三島寫的。我重讀三島的《評論全集》後，發現在日本作家中，川端的作品壓倒性地多，尤其是川端早期的作品，三島評論得尤其認真。像刊載於昭和二十四年一月號《近代文學》的長篇評論〈評論川端康成的一種方式——關於他的「作品」〉，是三島加入《近代文學》後的第一篇投稿。文中充分顯現他好強好勝的個性，雖然內容有些抽象難解的部分，仍是一篇充滿文青風格、一新耳目的評論文。

昭和二十一年三月三日的季節問候信也非常有三島的風格。針對以第二藝術論風靡文壇的桑原武夫，他嚴厲且直截了當地批評「桑原氏的淺薄評論，實非出於理智之言」，至此，抽象且具三島風格的原創文學論開始勢不可擋。他反轉攻擊刀刃，斷然否定了里見弴的小說結合概念，接著又砍了宇野浩二一刀。戰時，三島以國學浪漫主義來解釋何謂「藝文文化」，同時，他明顯地對喜好末世感的西歐頹廢派藝術情有獨鍾。由此幾可斷言，三島終其一生都喜歡頹廢派，對王爾德始終偏愛。他不甘示弱地透過文學宣言，向川端努力展現自己的理論。

昭和二十年十二月《人間》創刊，炒熱了文學界的氣氛。在評論領域，以「近代文學」為根據地的年輕評論家傾巢而出，政治人道主義、左派人道主義等評論開始廣為接受。在那個時期，三島毫不在意這股風潮，只管掌握好自我，大聲宣告自己的主張，真不愧是三島由紀夫啊。

川端——剛才提到的這封信，是這本書裡最有趣的一封。他真誠坦然地表達了自己的立場。

此外，最有意思的是「除了公事往來，也一直想與您暢談自己私事」這一段。事實上在此之前，木村德三已同意在《人間》刊出〈菸草〉。根據《川端康成鎌倉文庫業務日誌》中的紀錄，二月十五日的內容有「三島由紀夫君〈菸草〉，木村君讀畢，可。」的文字。因此，其實「公事」已經談完了。三島是想向川端傾訴他對文學的想法。

佐伯——原來如此。

川端——他想暢所欲言的情緒滿溢於信中。

佐伯——寫下三月三日的信之前，他們已經見過面了？

川端——見過。第一次見面是在一月二十七日，後來在二月二十五日似乎又見了一面。

佐伯——是嗎？

川端——雖然見過兩次，但談論的始終是公事。三島大概覺得意猶未盡吧。他一定是想著下次見面一定要好好說出心中所想，才寫下這封信。

佐伯——「前幾日在事務所不熟悉的氣氛中，有些茫然失神，不記得自己說了什麼。」

川端——川端好像沒回這封信。

佐伯——原來如此。

川端——從往復書簡中的前後關係判斷，幾乎每封信或明信片都有來有往，唯獨這封信沒有。

佐伯——的確，接下來在二十一年四月十五日三島的信上寫著「百忙之中諸多打擾，煩請見諒。」這封信中提到三島隔了四、五年重讀川端的〈抒情歌〉，察覺其中不可思議的巧合。沒想到三島與川端之間心靈上的契合，在這裡不言而喻地展現出來。

川端——那是一種心靈上的相通吧。就像亞洲和希臘竟有共通之處那種奇妙的感覺。三島說得很露骨：「單僅以詩與感覺而論，堀辰雄也有此特質。」他認定堀辰雄只不過徒有表面、膚淺。對堀先生很失禮，但三島的確藉著堀先生這個第三人來凸顯他與川端的契合之處。

佐伯——嗯。堀辰雄對當時文學青年來說有著不可思議的魅力，遠藤周作的第一篇評論寫的就是堀辰雄，三島也寫過一篇相當辛辣的《菜穗子》論，我自己念書的時候也寫過《風起》的評論文章。無論如何，三島與川端的宇宙的確透過這封信浮現而出。三島那時不過二十歲，他的才華卻已展露無遺。

益發深厚的師徒關係

川端——在那之後，三島信寫得很頻繁，五月有兩封信，六月有兩封信，七月也有一封信。他這段時期的信求教意味濃厚。

佐伯——當時他也寫了不少作品吶。像是〈中世〉和《盜賊》，他都向川端請益，還向川端借了足利義尚的資料。

川端——那份資料是《群書類從》。

佐伯——三島想學習、想向川端請益的心情，在那年五月到七月的信中表露無遺。六月五日的信裡，三島為收到〈女兒心〉、〈童謠〉、〈金塊〉、〈正月三日〉而致謝。〈金塊〉是在講一名有讀心術女孩的故事，非常奇幻，我雖然是十多歲的時候讀的，對此書印象卻十分深刻。關於此作品的獨特性，三島也以自己的方式分析得很好。不僅是眼光犀利，論寫評論的才情，三島也是一等一的人才。時隔許久後，開高健寫過自己曾在應邀前往三島的派對時，語帶調侃地對他說：「你啊，做得最好的是劇作家，其次是評論家，最後才是小說家。」這件事雖然很有可能是開高自己編出來的，但是他把三島這種分析力與自我表現力結合運用的特質形容得很好，實在有趣。

川端——八月以後的信可就滿是牢騷了。三島的心態由之前的努力求教，轉變為傾訴心事，這點也很耐人尋味。

佐伯——連想等考完試再潛心寫作之類的生活瑣事都寫了出來。

川端——仔細觀察他們的書信，會發現他們之間的關係並非一成不變。不同時期各有不同的微妙變化，相當耐人尋味。在這段時期，他們很清楚彼此都需要一個談話的對象，而且能向對方傾訴心中所想。儘管明知自己是在發牢騷，但三島也任性地覺得川端老師一定會聽他說。

佐伯——我和川端先生見面機會不多，但我記得他並不健談。

川端——許多人覺得他不太說話，就先入為主地認為他不愛說話。其實當他興致來的時候，也是很健談的。他很喜歡反應快、說話率直的人。說得白一些，他就是喜歡頭腦好的人。

佐伯——噢！

川端——三島不但聰明，反應又機靈。所以川端先生應該是很欣賞三島的。

佐伯——原來如此。

川端——三島也知道自己很討老師喜歡，才會很自然地在信裡發牢騷。

佐伯——正好那時候他很猶豫是否該走上寫作這條路，又因為要準備高等文官考試而備受壓力。

川端——他父親好像給了他不小壓力。

佐伯——畢竟平岡家是高級文官菁英世家，當然期待三島也能當官吧。

川端——三島成功進入大藏省，等於從父親那裏拿到特赦令。

佐伯——三島進了比身為農林省官僚的父親還要好的單位，讓他更有自信，說不定也讓他更勇於順著自己的心意放手一搏。雖然屬於八卦小事，但在昭和二十二年七月十七日的信中，他寫到報考勸業銀行落榜的事。連這種私事都向川端傾訴，還把他父親說「在這個時代，果然還是當官好」的事都寫進信裡，可見他真的什麼事都想寫給川端知道。在十月八日的信裡，他詳述了關於河內尼姑庵的風流韻事，也提到了對島田清次郎的《地上》與太宰治的《斜陽》的讀後感，一般不會對前輩作家提及的事，三島都若無其事地寫出來了。

川端——就從這個時期，也就是從十月開始，大約有一年的時間，他們的書信往來中斷了。

佐伯——也就是他通過考試，進入大藏省的那一年吧。

川端——三島十一月從東大畢業，之後便參加高等文官考試，正是那段時間。

佐伯——原來如此。剛進入公署，工作應該很忙吧。

川端——那時候，他一邊在大藏省工作，一邊寫了不少作品，聽說還曾因為熬夜寫作，在通勤途中差點從車站月臺摔死。他父親眼見情況這樣誇張，終於鬆口說你想辭職就辭吧。就是這一年，讓他忙到連寫信的閒暇都沒有。昭和二十三年九月，他如願辭去大藏省的工作，終於可以專心投入創作。在十月三十日川端寫給三島的信中，提到「關於《盜賊》序文，如此鄭重言謝，實不敢當」，想必是三島為了道謝，親自前往川端位於鎌倉的宅邸送禮，或是請人送去吧。

佐伯——川端的信中也提到「年少時期作品約莫拜讀完畢」，這表示……

川端——表示他一直持續在關注三島的作品。

佐伯——他真的很照顧三島呀。

川端——三島與川端康成、木村德三這些前輩的互動，始終都是與文學有關。尤其是木村先生，不只是正式的作品，三島連自己小學時代的作文都拿給他看。

佐伯──這樣啊。木村是當時跟三島交情最好的編輯，他毫無顧忌地給三島意見，也給過他不少指點。這些事木村的回憶錄都有提到。

川端──沒錯。

朝文學家邁進的三島由紀夫

佐伯──在十一月二日的信中，三島已經談到對《假面的告白》的構思。

川端──這一段可接續他在第一封信中對桑原武夫評論的看法，可以說是三島一貫的文學觀。從這封信會發現「戰後日本文學眼界狹窄」的想法一直盤旋在三島的腦海中。三島認為川端也認同「日本文學眼界狹窄」，才以此為題發表各種論述。

佐伯——即使他並沒有提及所謂日本戰後的文學為何，卻能以自己的期望與對文學的信念來處理這麼大的題目，相當令人敬佩。

川端——他們實際見面時可能討論過這類話題吧。

佐伯——突然在信裡寫到這件事，的確有些唐突。

川端——光看信的內容是稍顯唐突，但去推測出有哪些話沒被寫出來，也是讀信的方式之一吧。對身為第三者的我們來說或許唐突，但對寫信的兩人來說可能很清楚。如果要解讀這本往復書簡，這部分或許才是需要著重的地方。

佐伯——我完全同意。之後在昭和二十五年三月十五日的信中，川端先生詢問了三島出國的意願。

川端——佐伯先生也出過國吧。在那個時代，對出國的興趣很濃厚。

佐伯——我第一次去美國就是在那年七月，是用GARIOA（占領區治理與救濟）獎學金留學，如果要靠自己籌錢，根本沒機會去留學。

川端——從那年三月的兩封信中可知，當時日本國內有許多人對出國滿懷憧憬。

佐伯——當時甚至有首流行歌曲就叫〈通往夏威夷的夢想航線〉。三島也在三月十八日的信中坦承：「即使此生僅有一次，我亦欲前往瞻仰希臘的萬神殿。」

川端——雖說只要有一百萬日圓就能以筆會會員的身分出國，但在當時，一百萬日圓可是筆大錢。

佐伯——從那時期開始，日本的文學作品逐漸被引介到國外，昭和二十六年八月十日川端信中也提到，美國大學教授兼小說家史達格納請他幫忙介紹日本的作品。

川端——那封信的確反應出日本文學剛被引介至海外的景況。能夠反映出那個時代的氛圍，也是這本書簡集的趣味之一。

佐伯——兩人的信生動反映出當時文壇的動向，以及將日本文學介紹至海外的過程。

在二十八年三月十日的信中，三島提到神島之行。此行是他為了《潮騷》蒐集資料。我看過計畫設立於山中湖的「三島文學館」（已於一九九九年七月創立）收藏的三島筆記，當中甚至有詳細的航線圖，可看出他的取材相當多元且徹底。雖然取材之旅相當忙碌，他依然不忘寫信給川端，的確是個勤於筆耕的人。

川端——川端為他寫了推薦文，是什麼的推薦文呢？

佐伯——您是指十月十四日的信吧。那年的話，應該是《三島由紀夫作品集》吧。因為他寫了「工作能一口氣順利進行」。在昭和二十九年四月二十日的信裡，川端說：「這件艱難苦行、探掘深淵的工作總算暫時告終，即將打道回府。」不知他是指什麼？

川端——在「有賴萱原君（時任《新潮》編輯）妙手謄改」之前，提到「《新潮》之《湖》已成自棄之作」。

佐伯——那就是指《湖》囉？接下來在十一月二日的信中，三島提到他去參觀「奧只見水壩」，那是在為《悲沉瀑布》取材吧。

川端——那封信中提到「託您之福獲獎」，並向川端道謝，是為《潮騷》獲得第一屆新潮社文學獎而致謝，因為是川端推薦三島的。

佐伯——而後在昭和三十年二月八日、十二月二十二日的信中，川端對三島與歌右衛門的廣播對談，以及三島與三津五郎在

《群像》雜誌的對談發表感想。顯示川端一直都在關注三島在文壇的動向。

昭和三十一年十月二十三日，川端在信中提及有關翻譯的話題。他陳述克諾夫出版社出版平裝版《雪國》的感想，也提到《潮騷》在美國成為暢銷書。

川端——在這個時期，美國的克諾夫出版社是將日本文學介紹到國外的最大功臣。在此同時，不僅美國，連歐洲也掀起了日本熱。

佐伯——一九五〇年代中期以後，《潮騷》、《斜陽》、《雪國》、《千羽鶴》等書相繼翻譯成外語，都獲得不錯的回響。這段期間，信裡也出現不少關於翻譯的話題。三島在十一月一日的回信寫「晚生的《潮騷》雖登上了*New York Times*的暢銷榜，但也僅一週便下榜了」。

川端——三島在信中寫得很白，「倒是歐洲人，腦子僵硬得厲害，對日本文學似乎缺乏柔軟的理解力。」、「美國人還不算愚笨，該明白之處應該還是能明白的。」的確是對該時期的正確認知。

佐伯——畢竟當時美國譯者人才眾多，美方讀者的反應也不錯。他提到《楢山節考》，「讓我如渾身起疹子般厭惡，甚至連刊載此作的《中央公論》都令我作嘔」，形容得很有意思。

川端——三島這時期的信中有很多小道消息，讓人覺得他已成為文壇的一分子。

佐伯——通信初期那種生硬青澀的文學長篇大論，在信中漸漸少出現了。

川端——將彼此視為自己人後，現實的話題也增加了。昭和三十二年六月二十九日，川端在信中寫道：「正思考該如何替你餞行，但因思維駑頓，只得隨信附上煞風景的實用品以表祝賀。」三島那時正準備赴美，他帶的東西很多是川端準備的。後來三島也針對此事寫信向川端致謝。

佐伯——就是七月七日的信。

川端——說到實用，川端康成住院的時候，三島為他列的那張住院必需品清單也很有意思。那封信寫於昭和三十三年十月三十一日。三島的母親曾經住院，所以他經驗老到了。

佐伯——不過那封信也寫得太一板一眼，可稱得上是「珍奇逸品」，實在是太詳細了。

川端——他甚至細心備註「上述物品幾乎都可於上野松坂屋買齊」。

佐伯——由此可見三島真的很重人情世故，而且行事周全。每次我出國一年半載回來，他都立刻來信約我餐敘，還會事先徵詢我要找誰同席。真的是個很重情義，體貼周到的人。

川端——他還在信上說：「男子漢小幫手多所怠慢，煩請原諒」。《男子漢小幫手」是當時《週刊讀賣》連載的漫畫，他幽默地引用入信，這種玩笑讓人更覺他們親近。這段期間的信件，給人通家之好的印象。聊膽結石、安眠藥、疾病、結婚、給小孩子的禮物等事，就像尋常朋友那樣閒話家常。

佐伯——比起文學作品，他們之間的關係逐漸轉變為世俗的交際往來。就在這個時候，三島搬到了大森的新宅。

死亡前一年的自決預告信

佐伯——昭和三十六年五月二十七日，川端在信中首次提到諾貝爾獎，並請三島為他寫給瑞典皇家學院的推薦信。

川端——那個時期，普遍共識是諾貝爾文學獎得主差不多該輪到日本人了，再加上政治考量，主辦方頻頻要求日本推薦候選人。

佐伯——川端的推薦文是三島寫的吧。

川端——是的。那時文壇雖然有幾位候選人，但真正的主推對象其實是谷崎潤一郎。川端在昭和三十七年四月十七日的信中寫到日本人要得諾貝爾文學獎，「大概要等到你的時代吧」。也就是說，他認為舊世代的作家沒有機會，應該要等到三島這些新一輩的作家才能實現。這也是當時日本文壇的普遍共識。

佐伯——在昭和三十八年九月二十三日的信中，川端提到：「我與（Seiden）都認為有朝一日你將成為當代首屈一指的評論家」，對《林房雄論》多所讚美。我在美國時，三島還特地寄來他的《林房雄論》。書中部分內容比較艱澀，但一氣呵成，確實是本傑出的評論。這兩人也算志趣相投，晚年三島雖常與人對談，但我前陣子重讀他與林房雄的對談，兩人步調最為一致，效果也非常好。

川端——從這個時期開始，三島回歸日本文壇的動作愈來愈多。

佐伯——刊載於昭和四十一年六月號《文藝》上的〈英靈之聲〉，據三島自述，他像著魔般一口氣便寫完了。我記得後來三島曾以他獨特的誇張詼諧語氣對我轉述，他遇到美輪明宏，時對方說：「三島先生，有『靈體』跟著你喔」，把他給嚇一跳。

川端——三島此時努力的方向，川端相當認同吧。

佐伯——「於《文藝》拜讀大作，瞠目大驚。實為精采傑作，於此再三稱許恐多所失禮」，川端在四十二年二月十六日的信中如此寫道。

川端——這是對發表於四十二年三月號《文藝》上的〈《道義式革命》之邏輯——關於磯部一等主計之遺稿〉的佳評。受到盛讚的三島非常高興，回信中提到自己還把川端的信拿給家人看。在此之前，在四十二年二月十三日的信中，三島曾替你們所主事的《批評》雜誌向川端邀稿。

佐伯——託三島之福，我們沒付什麼稿費，川端先生就幫我們的雜誌寫了〈旅信抄〉這篇文章。

川端——四十二年前後，他們兩位都幹勁十足，兩人間的互動也相當良好。同年二月，川端、三島，還有安部公房、石川淳，四人針對中國文化大革命提出擁護自由的宣言。

佐伯——嗯。這個時期，三島對《批評》的事很熱中，興致高昂地參與許多活動，和我們見面的時候都自在地暢所欲言。三島是個很有幽默感的人，這個時期的他時常自嘲，對旁人的調侃也輕鬆看待。一般人即使到了晚年，也未必能如此看得開。

川端——是啊。川端在隔年擔任東京都知事參選人今東光的選舉事務長，並獲得了諾貝爾獎。

佐伯——沒錯。我以會員身分參加的「日本文化會議」所舉辦的「日本是國家嗎？」的座談會，三島與林房雄也都出席了。

川端——那個時期發生了好多事。

佐伯——七〇年代美日安保條約事件、首都知事選戰紛擾不斷，社會上喧囂四起。中國因為文化大革命而紛擾動盪，日本大學學潮也方興未艾。當時我與唐納德·基恩見面時，他說，日本的知識分子只有三島一人還精神奕奕。

川端——之後三島組成了「楯之會」。

佐伯——那時候，我真覺得三島真是個不可思議的人。大學學潮時，學生占據了東大的安田講堂，堅守不退，我和他談到之後可能的發展，他說：「佐伯，當局是沒辦法攻堅的。」我持著相反的意見表示，如果 鎮暴警察真要攻堅，根本沒有攻不下的問題。他卻回我：「不對。如果鎮暴警察行動，學生們會從安田講堂的屋頂一個個跳下來。」他說，只要有一個人往下跳，鎮暴警察就不會繼續攻堅。那些堅守派的人大概會以死明志吧。占據安田講堂的學生裡，只要有一、兩個人真的自殺了，社會輿論一定會立刻轉向，警方也就無計可施了。我覺得即使是極度偏激的學生，應該也不會採用這種方式，三島卻說一定會有人這麼做。一旦僵持的緊繃感到達極限，只要看到決定豁出去的學生從屋頂跳下，鎮暴警察也只能停手。三島的理論，仔細想想其實也挺有道理的。

還有一個例子。甘迺迪在加州遭到阿拉伯裔的兇手槍殺後，我與三島見面時，他毫不遲疑地站在暗殺者這邊。他說，甘迺迪家族在美國是既得利益階級的代表，貧窮的阿拉伯裔想與他們抗衡，除此之外別無他法。這種說法讓我當時啞口無言。

川端——那正是三島寫出《文化防衛論》的時期吧。

佐伯——三島正是以《文化防衛論》來表達他的看法。

川端——川端康成把《文化防衛論》交給我，說：「很有趣喔，你拿去讀讀吧。」

佐伯——所以川端先生讀過《文化防衛論》？

川端——讀過。而且讀得很認真。他覺得三島寫出了很有趣的東西。自從他誇讚過〈關於磯部一等主計之遺稿〉後，就一直很關注三島的作品。

佐伯——川端先生在昭和四十三年還寫了《豐饒之海·第一卷

春雪》的推薦文吧？

川端——川端十月十六日的信中不平地寫下「新潮社囑我寫一則一百五十字的廣告推薦文，真是亂來」。這天是星期三，事實上，他隔天就接到了諾貝爾獎的得獎通知。

佐伯——原來如此。

川端——這件事導致那封信的含義完全不一樣。

佐伯——川端寄出十月十六日的信後，隔了十個月，才在昭和四十四年八月四日收到三島的回信。

川端——而且，在川端康成拿到諾貝爾獎之後，三島只寫過兩封信給他。

佐伯——川端得獎的事，對三島應該造成了不小的打擊吧。這件事關乎同樣身為作家的自尊心，尤其三島又是個非常在意能否不斷寫出暢銷書的作家，競爭意識高於常人。雖然不能斷言川端得獎引發他最後的行動，但總覺得並非全無關係。

川端——「楯之會」於昭和四十三年成立，或許也加快了他的行動吧。

佐伯——可能他對得到諾貝爾獎一事死心了吧。

川端——十月十六日的信，可說是這部書簡集的一個重要分水嶺。之後三島所寫的兩封信，一封是為了請益，一封則是回覆川端昭和四十五年六月十三日的信，針對信中關於《太陽與鐵》之事，以及川端對他與三好行雄對談的關注予以回覆。這是最後一封信，以「喜獲來札，銘謝於心」開頭，是封非常客氣的應酬信。

佐伯——三島還是在信中透露了些心聲，提到獲得空手道黑帶的心情時，他寫下「身手更加俐落之後反倒沒有對手上門，總覺有些落寞、無趣。雖覺時間宛如葡萄酒般滴滴珍貴，然對空間中存在之事物卻興趣缺缺」。

川端——這封信感覺起來只是在回覆川端的來信，並不是很積極。畢竟當時事態正逐漸朝向最後的結局發展。最關鍵的，應該還是昭和四十四年八月四日的那封信。

還有最後一封信

川端——四十四年八月四日的信尾，便是關鍵的地方。

佐伯——是啊……

川端——在昭和四十六年一月三島的喪禮上，川端在祭文的尾聲引用了這段話。

佐伯——「繼續胡言下去恐怕要讓您笑話了，但晚生真正恐懼的並非死亡，而是死後家族的名譽」，沒想到三島的真心話就藏在這段文字中，讓人心頭一驚。

川端——其實最後一封信並不是昭和四十五年七月六日那封信。後來，川端還收到了另一封信。

佐伯——噢！是嗎？

川端——是封以鉛筆寫成，字跡相當潦草的信，信中略微提及了全集的內容簡介。詳細內容我已經忘了，由於文章實在太無章法，擔心保留下來會損害到三島的名譽，所以讀完就把它燒掉了。

佐伯——沒有留下來啊。

川端——沒有。

佐伯——原來還有另一封信！

川端——嗯，以鉛筆寫成，後來燒掉了。寄出地址是富士演習場。直到現在，我還是覺得沒留下來是對的。

佐伯——我本以為三島根本沒想過他自決後家人將承受的壓力，沒想到他早在一年多前就寫下「死後，若家中孺子因此遭人嗤笑，則實無可忍。能替晚生守護家族者，僅有川端先生一人，故此，請恕我此刻便將他們託付給您」。

川端——收到八月四日的信時，川端還不覺得問題嚴重，直到隔年秋天他收到三島以鉛筆寫成的那封信，他大為驚訝。方才感到事態嚴重。

佐伯——那個時候，川端先生沒有回信給三島嗎？

川端——我想沒有。因為信是從自衛隊的駐紮地寄出的。

佐伯——最後一年春天，我從加拿大回來後收到了三島的信。不久後他就要和楯之會的同伴一起到富士山麓進行演習，他親切地在信中寫道，等他回來後要為我接風，還問我要邀誰同席。

在聚會上，三島一開口就說：「佐伯，東京最近可是一團糟。」他面帶怒氣地提到美國的雜草「米蘭草」蔓生到東京之事。之後，三島恢復成一向開朗的他，為了逗我開心，不再提到任何晦暗、不祥的話題了。但米蘭草的話題，反倒讓我印象深刻。

川端——最後那年的八月，三島與全家人在下田東急大飯店住宿了二十天。還把史杜基斯（H.S Stokes）和唐納德都找去。也盡力呵護他的家人。前年八月四日的信中，三島非常有禮地寫下他對《我在美麗的日本》和《美的存在與發現》的感想，當時的三島，應該也是抱著與呵護家人一樣的心情寫下這封給川端的信吧。

佐伯——的確。

川端——三島和唐納德在下田時，他滔滔不絕地說著他四部曲的作品，最後表示自己只剩一件事沒做，那就是指自殺。前年八月四日的信中，他也說了相同的話。他最後的一連串行動，可說都濃縮在這封信裡了。

佐伯——正如你所說。三島是位令人敬畏的謀畫家。從哪裡開始到哪裡結束，全都在他的掌握之中。早在一年多前，他就計畫好了自己的最後一步……

川端——所有的布局，他都了然於心。

佐伯——一切按計畫進行。三島應該是透過這封信與川端先生告別吧。這麼一想，信尾那句「時間宛如葡萄酒般滴滴珍貴」，讓人心中一慟。

川端——被燒掉的那封信雖然是他自決前所寫的，但就像我剛才說過的，內容非常雜亂。

佐伯——事件發生前，他也曾打電話給我，但我當時不在，之後回撥電話時沒找不到他，最終沒說上話。我心裡一直很介意，心想，那該不會是他打來向我告別的電話吧。他在死前一年的八月四日寫給川端先生的信，可說算是他的遺言了吧。

川端——我認為，那封信應該就是解讀三島心聲的關鍵了。

Recommending Mr.Yasunari Kawabata for the 1961 Nobel Prize for Literature

(signed) Yukio Mishima

In Mr.Kawabata's works, delicacy joins with resilience, elegance with an awareness of the depths of human nature; their clarity conceals an unfathomable sadness, they are modern yet directly inspired by the solitary philosophy of the monks of medieval Japan. His choice of words display as the maximum subtlety, the most quivering sensitivity of which modern Japanese is capable; his unique style with sure swiftness can extract and give complete expression to the very essence of his subject, be it the innocence of a young girlsor the frightening misanthropy of old age. An extreme conciseness - the pregnant conciseness of the symbolist - keeps his works short, yet in their brevity they range far and wide over human nature. For many writers in modern Japan, the claims of tradition and the desire to establish a new literature have proved well-nigh irreconcilable. Mr.Kawabata, however, with his poet's intuition, has gone beyond this contradiction and achieved a symthesis. Throughout all his writings from his youth to the present day, he is obsessed by a constant theme: the theme of the contrast between man's fundamental solitude and the unfading beauty that is glimpsed momentarily in the flashes of love, as a flash of lightning may suddenly reveal the blossoms of a tree by night.

I feel honoured to recommend him, who more than any other Japanese writer, is truly qualified for the Nobel Prize for Literature.

推薦川端康成先生角逐一九六一年的諾貝爾文學獎

三島由紀夫

川端先生的作品結合了韌性與具人性深層覺醒的優雅，明晰中潛藏著深不可測的哀傷，雖屬現代文學，中世日本修行僧的孤獨哲學卻潛息於其中。川端先生的遣詞用句微妙撼動現代日文的極簡精妙之處，並展現出令人戰慄的感性。奇異特殊的文體，無論所形容之對象為少女之純潔無暇，或老人之驚恐厭世，川端先生都能迅速果敢地提取並完美地表現其本質。

文字極度簡潔，出於象徵主義者的含蓄深遠，川端先生的作品雖簡短，卻能在有限的篇幅中深廣描寫出許多人性的樣貌。在日本現今眾多作家中，欲同時遵循傳統與樹立新文學風格的願望，幾為難以兩全、無法兼顧，但川端先生卻能利用詩人的直覺，輕易克服這種矛盾。從青年時期至今，緊攫川端先生心靈的主題始終如一，那便是在人類與生俱來的孤獨與愛意閃現時瞬間窺探到的不滅之美的對比——恰如閃電於夜晚照亮枝頭花朵的剎那。

能推薦這位在日本作家中最有資格獲得諾貝爾獎的人物，我由衷感到無上光榮。

川端康成年譜

明治三十二年（一八九九年）

六月十四日誕生於大阪市北區此花町，父名容吉，母名弦，為家中長男。三十四年一月，父歿。三十五年一月，母歿。明治三十九年四月，進入大阪府三島郡豐川尋常高等小學就讀。四十五年三月，普通科六年級畢業。四月，進入大阪府立茨木中學就讀。

大正六年（一九一七年）十八歲

三月由茨木中學畢業，直接上京。九月，進入第一高等學校文科乙類就讀。大正九年七月，自第一高等學校畢業，同月，進入東京帝國大學文學部英文學科就讀。十一年六月，轉讀國文科。十三年三月，自東京帝國大學國文科畢業。十月，創立《文藝時代》雜誌。

大正十五年・昭和元年（一九二六年）二十七歲

與在菅忠雄家認識的松林秀子開始一同生活。二年三月發表《伊豆舞孃》（金星堂）。十年一月，擔任芥川獎評審委員。十二年六月發表《雪國》（創元社）。十九年四月，以〈故園〉、〈夕日〉等作品獲得二次世界大戰戰前最後一屆的菊池寬獎（第六屆）。

昭和二十年（一九四五年）四十六歲

五月，與久米正雄、小林秀雄、高見順等鎌倉當地的作家於鎌倉八幡通開設租書店「鎌倉文庫」。九月，設立鎌倉文庫出版社。同月，從京都的養德社將木村三德挖角至鎌倉文庫。

昭和二十一年（一九四六年）四十七歲

一月，接受三島由紀夫訪問。鎌倉文庫發行《人間》雜誌（木村德三任總編輯）。四月，出版《日雀》（新紀元社）、《黃昏少女》（丹頂書房）。七月，出版《溫泉旅館》（實業之日本社）。十月，由鎌倉的二階堂遷居至長谷。

昭和二十二年（一九四七年）四十八歲

繼續前一年於鎌倉文庫的工作。五月底至六月十日，至鎌倉文庫的北海道分社出差。那時開始對古代美術產生興趣。九月，出版《虹》（四季書房）。

昭和二十三年（一九四八年）四十九歲

一月，出版《一草一花》（青龍社）。五月，出版《川端康成全集》全十六卷（新潮社，二十九年四月全部出畢）。六月，當選日本筆會第四任會長（連任至昭和四十年十月）。十二月，出版《雪國》完結版（創元社）。

昭和二十四年（一九四九年）五十歲

一月，出版《夜的骰子》（凸版出版）。同年開始連載《千羽鶴》（由五月開始）、《山之音》（由九月開始）。十二月，出版《哀愁》（細川書店）。

昭和二十五年（一九五〇年）五十一歲

四月，與筆會二十三名會員視察廣島、長崎。在廣島的「世界和平與藝文會談」中宣讀「和平宣言」。為送代表至愛丁堡參加世界筆會大會（八月十五日起十天），撰寫募款文章。同年，鎌倉文庫倒閉。

昭和二十六年（一九五一年）五十二歲

七月，出版《舞姬》（朝日新聞社）。

昭和二十七年（一九五二年）五十三歲

二月，出版《千羽鶴》（筑摩書房）。並以此作獲得第二十六屆藝術院獎。

昭和二十八年（一九五三年）五十四歲

二月，出版《再婚者》（三笠書房）。五月，出版《日日月月》（中央公論社）。同年夏天，於戰後首次前往輕井澤，停留約十日。十一月十三日，與永井荷風、小川未明一同當選藝術院會員。

昭和二十九年（一九五四年）五十五歲

一月，出版《河邊小鎮的故事》（新潮社）。三月，擔任剛設立的新潮社文學獎審查委員。

四月，出版《山之音》（筑摩書房）。七月，出版《吳清源棋談・名人》（文藝春秋新社）。八月，出版《童謠》（東方社）。十月，出版《伊豆之旅》（中央公論社）。十二月，以《山之音》獲第七屆野間文藝獎。

昭和三十年（一九五五年）五十六歲

一月，出版《東京人》全四冊（新潮社，十二月出版完畢）。四月，出版《湖》（新潮社）。

昭和三十一年（一九五六年）五十七歲

一月，出版《川端康成選集》全十卷（新潮社，十一月出版完畢）。十月，出版《女身（一）》（新潮社，（二）於隔年二月出版）。自這一年起，川端的作品開始連年於海外翻譯出版。

昭和三十二年（一九五七年）五十八歲

三月，與松岡洋子赴歐洲出席國際筆會執行委員會，與莫里亞克（François Mauriac）、艾略特（T. S. Eliot）等人會晤。五月返國。九月二日，召開第二十九屆國際筆會東京大會。身為主辦國會長的川端，在八日於京都舉行閉幕式之前盡心盡力。

昭和三十三年（一九五八年）五十九歲

二月，當選國際筆會副會長。三月，因「主辦國際筆會日本大會付出之努力與功績」獲頒戰後重啟之第六屆菊池寬獎。四月，出版《富士之初雪》（新潮社）。十一月，因膽結石入住東大醫院木本外科。

昭和三十四年（一九五九年）六十歲

五月，在法蘭克福舉辦的國際筆會大會上獲頒歌德獎章。七月，出版《有風的路》（角川書店）。十一月，出版《川端康成全集》全十二卷（新潮社，三十七年八月出版完畢）。這一年，是他在長年的作家生涯中首度沒有發表任何小說的一年。

昭和三十五年（一九六〇年）六十一歲

五月，應美國國務院之邀赴美。七月，以榮譽貴賓身分出席巴西聖保羅國際筆會大會，八月返國。這一年，獲法國政府頒贈藝術文化獎章。

昭和三十六年（一九六一年）六十二歲

為替《古都》、《美麗與哀愁》取材，在京都市左京區下鴨租屋而居。十一月，獲頒第二十一屆文化獎章。十一月，出版《睡美人》（新潮社）。

昭和三十七年（一九六二年）六十三歲

二月，因安眠藥服用過量而入住東大醫院，昏迷長達十天。六月，出版《古都》（新潮社）。十月，參加世界和平促進委員會七人小組。十一月，因《睡美人》獲得第十六屆每日出版文化獎。

昭和三十八年（一九六三年）六十四歲

四月，財團法人日本近代文學館成立，任監事。

昭和三十九年（一九六四年）六十五歲

六月，以榮譽貴賓身分出席於奧斯陸舉行的國際筆會大會，回程環遊歐洲各地，八月始返國。

昭和四十年（一九六五年）六十六歲

二月，出版《美麗與哀愁》（中央公論社）。四月，NHK開始播放電視連續劇《玉響》。十月，出版《隻手》（新潮社）。同月，辭去日本筆會會長一職。

昭和四十一年（一九六六年）六十七歲

一月至三月間因肝炎入住東大醫院。五月，出版《落花流水》（新潮社）。

昭和四十二年（一九六七年）六十八歲

二月，與安部公房、石川淳、三島由紀夫一起針對中國文化大革命提出保障學術自由的訴求。四月，日本近代文學館開幕，任榮譽顧問。七月，養女麻紗子（政子）結婚、入籍（八月於莫斯科的日本大使館舉行婚禮）。

昭和四十三年（一九六八年）六十九歲

二月，連署「給國會議員關於非核武之請願書」。六月，參加日本文化會議。七月，擔任競選參議員的今東光的選舉事務長，於東京、京都等地進行街頭演說。十月十七日，成為第一位獲頒諾貝爾文學獎的日本作家。十二月十日，親赴斯德哥爾摩參加頒獎典禮。十二日，於瑞典皇家學院發表紀念演說〈我在美麗的日本——其序論〉。

昭和四十四年（一九六九年）七十歲

一月，領取諾貝爾獎並周遊歐洲後返國。三月，赴夏威夷開設日本文學特別講座，於當地停留至六月。旅行中，與索忍尼辛同時當選美國藝術文藝學院的榮譽會員。三月，出版《我在美麗的日本中——其序論》（講談社）。四月，出版《川端康成全集》共十九卷（新潮社，四十九年三月出版完畢）。四到六月間，因日本各地紛紛舉辦慶祝川端獲頒諾貝爾獎的「川端康成展」，故曾短暫回國。五月，於夏威夷大學開設「美的存在與發現」特別講座。六月，獲頒夏威夷大學榮譽文學博士。七月，於倫敦日本大使館別館舉行「川端康成展」。七月，出版《美的存在與發現》（美日新聞社）。這一年未發表小說作品。

昭和四十五年（一九七〇年）七十一歲

六月，出席於臺北舉行的亞洲作家會議並發表演說，繼而以榮譽貴賓身分前往首爾參加國際筆會大會。七月，獲漢陽大學頒贈榮譽文學博士學位，並發表「以文會友」紀念演說。十一月二十五日，三島由紀夫切腹自殺。

昭和四十六年（一九七一年）七十二歲

一月二十四日，於築地本願寺舉行的三島由紀夫喪禮中擔任治喪總幹事。為了聲援參與東京都知事選舉（三月十七日公告，四月十一日投票）的秦野章，於三月二十二日開始於街頭演說，不但未收分文報酬，連旅館住宿費也自掏腰包。四月十六日，諾貝爾基金會常務理事訪日，川端陪同前往京都。十七日，參與於京都舉行的世界和平宣言會議七人小組。五月，於日本橋壺中居舉辦「川端康成書籍個展」。由於健康欠佳，整個夏季都待在鎌倉。九月，世界和平宣言會議七人小組提出希望中日兩國恢復邦交之請願書。接著於十二月再次發表聲明反對自衛隊進行第四次防衛力整備。十月二十五日，於立野信之臨終前受託協辦日本學術國際研究會議。因忙於募款一路奔波至年終，大傷元氣。十二月，擔任日本近代文學館榮譽館長。

昭和四十七年（一九七二年）

一月五日，出席《文藝春秋》創刊五十週年新春社員聯歡會，並發表演說。一月十八日，出席世界和平宣言會議七人小組。二月，與妻一同前往大阪參加堂兄秋岡義愛喪禮，之後健康狀況日差，三月八日因盲腸炎入院接受手術，十七日出院。四月十六日晚，於逗子海濱大廈的工作室含煤氣管自殺。十八日，祕密下葬於長谷自宅。五月二十七日，日本筆會、日本文藝家協會、日本近代文學館三團體於青山齋場舉行聯合公祭，並由芹澤光治良任治喪總幹事。九月，出版《一段人生之中》（河出書房）、《蒲公英》（新潮社）。四十八年一月，出版《竹聲桃花》（新潮社）、《日本的美之心靈》（講談社）。

三島由紀夫年譜

大正十四年（一九二五年）

一月十四日，身為長子的三島出生於東京市四谷區（現為新宿區）永住町二，父為平岡梓，母為倭文重，為家中長男。本名平岡公威。昭和六年四月，進入學習院初等科就讀。

昭和十二年（一九三七年）十二歲

三月，畢業於學習院初等科。四月，進入學習院中等科就讀。七月，其作品〈春草抄——初等科之回憶〉登載於學習院《輔仁會雜誌》上，爾後陸續在該雜誌發表詩詞、小說、戲曲等作品。

昭和十六年（一九四一年）十六歲

九月，發表〈繁花盛開的森林〉（刊載於《文藝文化》，並於十二月連載完畢）。此時開始使用三島由紀夫為筆名。十七年三月，自學習院中等科畢業。四月，進入學習院高等科文科乙類（德語）。

昭和十九年（一九四四年）十九歲

九月，自學習院高等科畢業。受推薦進入東京帝國大學法學部法律學科（德國大陸法系）。同月發表小說處女集《繁華盛開的森林》（七丈書院）。

昭和二十年（一九四五年）二十歲

二月，接受入伍檢查時，因軍醫誤診被即日驗退。五月，參加勤勞動員，入住神奈川縣海軍高座工廠宿舍。

昭和二十一年（一九四六年）二十一歲

一月，首次與川端康成會晤。六月，由於川端推薦，其作〈菸草〉刊載於《人間》，正式於文壇出道。

昭和二十二年（一九四七年）二十二歲

一月，前往川端康成宅邸拜年（以後成為每年慣例）。十一月出版〈岬邊物語〉（櫻井書店），並自東京大學法學系法律學科畢業。十二月，通過高等文官試驗行政科考試，派往大藏省擔任事務官，任職於銀行局國民儲蓄科。

昭和二十三年（一九四八年）二十三歲

九月，辭去大藏省工作。十一月，出版《盜賊》（真光社）。十二月，出版《夜之準備》（鎌倉文庫）。

昭和二十四年（一九四九年）二十四歲

七月，出版《假面的告白》，八月，出版《魔群經過》（皆為河出書房）。

昭和二十五年（一九五〇年）二十五歲

五月，出版《燈臺》（作品社）。六月，出版《愛的饑渴》（新潮社）、《怪物》（改造社）。八月，遷居至目黑區綠丘二三二三號。十二月，出版《純白之夜》（中央公論社）、《藍色時代》（新潮社）。

昭和二十六年（一九五一年）二十六歲

四月，出版《聖女》（目黑書店）。六月，出版《狩獵與獵物》（要書房）。七月，出版《遠乘會》（新潮社）。八月，出版《繁花盛開的森林》（雲井書店）。十一月，出版《禁色》第一部（新潮社）。十二月，出版《夏子的冒險》（朝日新聞社）。十二月，以朝日新聞社特派員的身分乘船環遊世界一周。

昭和二十七年（一九五二年）二十七歲

五月返國。十月，出版《阿波羅之杯》（朝日新聞社）。

昭和二十八年（一九五三年）二十八歲

二月，出版《真夏之死》（創元社）。三月，出版《日本製造》（朝日新聞社）。七月，出版《三島由紀夫作品集》全六卷（新潮社，隔年四月出版完畢）。九月，出版《祕樂》（「禁色」第二部，新潮社）。十月，出版《綾鼓》（未來社）。

昭和二十九年（一九五四年）二十九歲

六月，出版《潮騷》；九月，出版《戀之都》；十月，出版《上鎖的房間》；十一月，出版《年輕人，醒來吧》（以上皆為新潮社發行），同月，出版《文學的人生論》（河出書房）。

十二月，以《潮騷》獲得第一屆新潮社文學獎。

昭和三十年（一九五五年）三十歲

四月，出版《悲沉瀑布》（中央公論社）。六月，出版《女神》（文藝春秋新社）。七月，出版《拉迪格之死》（新潮社）。十一月，出版《小說家的休日時光》（講談社）。十二月，以《白蟻窩》獲第三屆岸田戲劇獎。同年開始健身運動。

昭和三十一年（一九五六年）三十一歲

一月，出版《幸福號啟航》、《白蟻窩》（皆為新潮社發行）。四月，出版《近代能樂集》（新潮社）。六月，出版《寫詩的少年》（角川書店）。十月，出版《金閣寺》（新潮社）、《烏龜追得過兔子嗎？》（村山書店）。十二月，《過長的春天》（講談社）。

昭和三十二年（一九五七年）三十二歲

一月，以《金閣寺》獲得第八屆讀賣文學獎。三月，出版《鹿鳴館》（東京創元社）。四月，以《英國人》獲第九屆每日戲劇獎。六月，出版《美德的徘徊》（講談社）。七月，應克諾夫公司之邀赴美，遊歷西印度群島、墨西哥等國，隔年一月返國。十一月，出版《三島由紀夫選集》共十九卷（新潮社，於三十四年七月出版完畢）。

昭和三十三年（一九五八年）三十三歲

一月，出版《橋》（文藝春秋新社）。五月，出版《旅行繪本》（講談社）、《薔薇與海盜》（新潮社）。六月，川端康成夫妻做媒，與畫家杉山寧之長女瑤子成婚。十二月，以《薔薇與海盜》獲《週刊讀賣》新劇獎。同年開始練習劍道。

昭和三十四年（一九五九年）三十四歲

三月，出版《不道德教育講座》（中央公論社）。五月，遷入大田區馬込新居。六月，長女紀子誕生，同月出版《文章讀本》（中央公論社）。九月，出版《鏡子之家》第一部、第二部，十一月出版《裸體與衣裳》（皆為新潮社發行）。

昭和三十五年（一九六〇年）三十五歲

二月，出版《續不道德講座》（中央公論社）。三月，主演大映電影公司的電影《風野郎》。十一月，出版《宴後》（新潮社）、《千金小姐》（講談社）。十一月至隔年一月間，偕妻子瑤子共遊世界一周。

昭和三十六年（一九六一年）三十六歲

一月，出版《明星》（新潮社）。三月，因《宴後》涉及影射，被前外相有田八郎控告侵犯隱私。九月，出版《獸戲》（新潮社）。十一月，出版《美之襲擊》（講談社）。

昭和三十七年（一九六二年）三十七歲

二月，以《十日之菊》獲第十三屆讀賣文學獎（戲曲類）。三月，出版《三島由紀夫戲曲全集》（新潮社）。五月，長男威一郎誕生。十月，出版《美麗的星星》（新潮社）。

昭和三十八年（一九六三年）三十八歲

一月，出版《愛的急馳》（講談社）。三月，出版《薔薇刑》（集英社，以三島為模特兒，由細江英公拍攝之攝影集）。八月，出版《林房雄論》（新潮社）。九月，出版《午後的曳航》（講談社）。十一月，為文學座撰寫之戲曲《喜悅之琴》因文學座內部反對而終止上演，三島就此退出文學座。十二月，出版《劍》（講談社）。

昭和三十九年（一九六四年）三十九歲

二月，出版《肉體學校》（集英社）、《三島由紀夫短篇全集》、《喜悅之琴——附．美濃子》（皆為新潮社發行）。四月，出版《我的周遊時代》（講談社）。六月，赴美旅行。九月，《宴後》官司敗訴，三島續提上訴。十月，出版《絹與明察》（講談社）。十一月，以《絹與明察》或第六屆每日藝術獎（文學類）。十二月，出版《第一性——男性研究講座》（集英社）。

昭和四十年（一九六五年）四十歲

二月，出版《音樂》（中央公論社）。三月，出版《三島由紀夫短篇全集》全六卷（講談社，八月出版完畢），同月，應英國文化振興協會之邀赴英旅行。四月，完成自編自演的電影《憂國》。七月，出版《三熊野詣》

（新潮社）。八月，出版《眼——一個藝術思維》（集英社）。九至十月偕妻赴歐、美、東南亞等國旅行。十一月，出版《薩德侯爵夫人》（河出書房新社）。

昭和四十一年（一九六六年）四十一歲

一月，以《薩德侯爵夫人》獲第二十屆藝術祭獎（戲劇類）。三月，出版《反貞女大學》（新潮社）。四月，出版《憂國》電影小說（新潮社）。六月，出版《英靈之聲》（河出書房新社）。七月，擔任芥川獎評審委員。八月，出版《複雜的他》（集英社）、《三島由紀夫評論全集》（新潮社）。九月，出版《聖賽巴斯提安之殉教》（與池田弘太郎合譯，美術出版社）。十月，出版《對話・論日本人》（與林房雄之對談，番町書房）。十一月，關於《宴後》官司與有田家達成和解。

昭和四十二年（一九六七年）四十二歲

三月，出版《來自荒野》（中央公論社）。四月，為體驗軍隊生活，參加久留米陸上自衛隊幹部候補生學校、富士學校教導連隊、習志野空降團。九月，出版《葉隱入門》（光文社）、《夜會服》（集英社）。十月，出版《朱雀家之滅亡》（河出書房新社）。十二月，於航空自衛隊百里基地首度試乘F104超音速戰鬥機，同月，出版《三島由紀夫長篇全集》全兩卷（新潮社，隔年二月出版完畢）。

昭和四十三年（一九六八年）四十三歲

二月，與祖國防衛隊隊員一起至陸上自衛隊富士學校瀧原分隊基地參與體驗入隊（七月，再次入隊）。四月，出版《對談・人與文學》（與中村光夫對談，講談社）。七月，出版《三島由紀夫書信教室》（新潮社）。十月五日，組成「楯之會」。十月十七日，川端康成獲頒諾貝爾文學獎，三島執筆賀文「長壽的藝術之花——賀川端先生獲獎」。十月，出版《太陽與鐵》（講談社）。十二月，出版《性命出售》（集英社）、《我的朋友希特勒》（新潮社）。

昭和四十四年（一九六九年）四十四歲

一月，出版《春雪》；二月，出版《奔馬》；四月，出版《文化防衛論》（皆為新潮社發行）。五月，出版《黑蜥蜴》（牧羊社）。六月，出版《癩王泰拉斯》（中央公論社）、《討論 三島由紀夫VS.東大全共鬥》（新潮社）。七月，出版《為了年輕的武士》（日本教文社）。十一月三日，於國立劇場屋頂舉行「楯之會」組成一週年紀念閱兵。

昭和四十五年（一九七〇年）四十五歲

三月，出版《三島由紀夫文學論集》（講談社）。七月，出版《曉寺》（新潮社）。九月，出版對談集《尚武之心》（日本教文社）。十月，出版《行動學入門》（文藝春秋）、對談集《源泉之感情》（河出書房新社）、《作家論》（中央公論社）。十一月，於東京池袋東武百貨公司自十一月起舉辦為期一週的「三島由紀夫展」。二十五日，三島偕同「楯之會」成員於陸上自衛隊市谷基地東部總監室中自決。留下兩首辭世之作：「壯士挾長刃，刀鳴欲鞘出。數載隱忍來，於今始見霜。」「世人皆惜花，我欲先零落。唯有化落花，方可共夜風。」

昭和四十六年（一九七一年）

一月二十四日，於築地本願寺舉行喪禮。喪葬總幹事為川端康成。一月，出版《三島由紀夫短篇全集》全六卷（講談社於五月出版完畢）。二月，出版《天人五衰》；五月，出版《蘭陵王》（皆為新潮社發行）。

經典文學

川端康成 三島由紀夫

往復書簡

作　　者　川端康成、三島由紀夫
譯　　者　陸蕙貽
副 社 長　陳瀅如
總 編 輯　戴偉傑
協力編輯　張富玲
行銷企畫　陳雅雯、趙鴻祐
內文排版　黃暐鵬
封面設計　IAT-HUÂN TIUNN
印　　刷　前進彩藝有限公司

出　　版　木馬文化事業股份有限公司
發　　行　遠足文化事業股份有限公司（讀書共和國出版集團）
地　　址　231023新北市新店區民權路108之4號8樓
電　　話　(02)2218-1417
傳　　真　(02)2218-0727
E-Mail　service@bookrep.com.tw
郵撥帳號　19588272木馬文化事業股份有限公司
客服專線　0800-221-029
法律顧問　華洋法律事務所　蘇文生律師

二版一刷　2024年4月
定　　價　400元
I S B N　9786263145801（紙書）
　　　　　9786263145757（EPUB）、9786263145740（PDF）

川端康成．三島由紀夫　往復書簡／川端康成、三島由紀夫著；陸蕙貽譯.－二版.－新北市：木馬文化出版；遠足文化發行，2024.04
320面；　13*18公分.－（經典文學）
ISBN 978-626-314-580-1（平裝）

861.67　　　　112021691